KB010559

나는,
독서하는 싱글맘입니다

싱글맘을 드림맘으로 변화시켜준 43가지 독서이야기

나는,
독서하는 싱글맘입니다

김민주 지음

싱글맘을 드림맘으로 변화시켜준 43가지 독서이야기

뱅크북

프롤로그

싱글맘의 진심

2남 1녀 중 둘째로 태어난 저에게 늘 따라다니는 말이 있었습니다.

"참 착하고 예의가 바르네."

그리고 저는 9년 전, 싱글맘이 되었습니다.

내 인생에 오점을 찍다니,

가족들이 나를 부끄럽게 여기진 않을까?,

나중에 아들한테는 또 뭐라고 말해야 하지?,

나 혼자 아들을 잘 키울 수 있을까?

이렇게 수많은 질문을 한꺼번에 할 수 있을까 싶을 정도로 물음표의 블랙홀에 갇힌 듯 하루하루를 살았습니다. 아니, '살아냈다'는 표현이 더 정확합니다. 남편의 폭력, 끝없는 의심, 돈 문제, 무엇보다 아들을 사랑하고 있다는 것을 도무지 알 수 없는 남편의 생활방식을 대하며, 수 천 번 고민한 후 내린 결정입니다.

처음에는 몰랐습니다. 마음 단단히 먹고 아들을 사랑하는 초심을 잃지 않으며 지금처럼 열심히 살면 차근차근 상황이 정리되고 마음도 안정될 거라 믿었어요. 엄마가 처음이라 모든 것이 서투르기는 했지만 세상에서 가장 소중한 내 아이와 함께 있으면 무조건 행복할 줄 알았습니다. 아이가 자라면서 싱글맘이기 때문에 겪을 수밖에 없는 힘든 일이 생기기 시작했습니다.

여자인 제가 아들을 데리고 목욕탕을 갈 수 있는 시간은 얼마 되지 않았습니다. 사람많은 수영장에 아들을 데리고 가는 것도 남들에 비해 세 배나 힘든 일이었지요. 탈의실을 오고 가는 복잡한 길을 뚫어야 하는 난감함, 아들 혼자 해내야 하는 영역에 대한 두려움, 사람들을 향한 의심. 수영장 크기만큼이나 크고 수영장 물의 양만큼이나 힘든 감정들을 가질 수밖에 없었습니다.

유치원 행사 때는 또 어떻고요. 아빠와 함께 하는 행사임을 잊지 말라는 안내문이 옵니다. 엄마와 아빠가 이혼한 사실을 모르는 아이는 저에게 신신당부를 했지요.

“아빠한테 전화해서 회사에 휴가 내고 와 달라고 해 줘. 알았지? 꼭이야.” 저는 아이에게 거짓말을 할 수밖에 없었습니다.

“아빠는 너무 바빠서 못 오니까 삼촌이 대신 가 준대.” 아이의 표정은 금방 어두워졌습니다. 그러나 속 깊은 아이는 저에게 아무 말도 하지 않았습니다. 삼촌이 와서 다행이라 합니다.

아빠가 와 주길 얼마나 기대했을까요? 아빠가 못 온다는 사실에 얼마나 실망했을까요? 엄마의 기분과 상황에 맞추어 주느라 얼마나 힘들었을까요? 지금 생각해도 가슴에서 징이 하루 종일 울려대는 듯합니다.

또래 아이들이 아빠와 함께 있는 뒷모습을 물끄러미 바라보는 아이를 보면서는 싱글맘을 선택한 제 자신이 한없이 미워집니다. 내가 조금만 더 참을 걸, 내 욕심 때문에 선택한 길이었을까, 앞으로 아들과 내가 감당할 수 있는 상처의 무게는 얼마일까, 나는 약해빠진 엄마인 걸까, 무엇 하나 명확한 답을 내릴 수 없는 질문들만 제 영혼을 휘젓고 다녔어요.

퇴근 후 내 시간은 없고 아이에게 모든 것을 투자하는 생활의 반복 속에서 답답함과 우울함이 몰려오기도 했습니다. 어느 날, 신의 계시인 것처럼 전율을 일으키는 생각 한 줄기가 빠르게 지나갔습니다.

'이대로는 안 돼! 정신 바짝 차려야 돼! 나는 내 아들의 엄마잖아.'

그리고 이성을 가미해 전과 다른 건설적인 질문들을 이어갔어요.

나는 지금 이대로 괜찮은가?
내 아이와 나를 위해 지금 할 수 있는 일은 무엇일까?
내가 꿈꾸는 미래의 모습은 어떠한가?

그리고 저는 제 생각, 감정, 현재를 변화시킬 수 있다는 믿음으로 어떤 선택을 하게 됩니다.

"그래! 독서하는 엄마가 되자."

바로, 독서였어요. 몸부림과 고뇌의 시간을 거쳐 선택하게 된 독서는 이제 저에게 미래 그 자체입니다. 하지만 저 혼자 하는 독서로는 '삶을 잘 살아내자'라는 메시지를 전할 수 없었습니다. 매개체가 있어야 했죠. 내 아들을 잘 키워야 하는 싱글맘이자, 대한민국 싱글맘들에게 희망의 아이콘이 되고 싶은 싱글맘 김민주는, 글을 쓰기 시작했습니다.

1장 '싱글맘인 내가 책을 읽는 이유'에서는 싱글맘으로서 있는 그대로의 제 모습을 들여다보고 변화를 위해 마음을 준비한 이야기를 담았습니다. 2장 '내 마지막 꿈은 엄마 나무가 되는 것'에서는 아이와 보내는 시간 속에서 서로를 이해할 수 있었던 부분에 대해, 그리고 아들에게 나는 어떠한 엄마가 되고 싶은지 가치관을 세워나가는 이야기를 담았습니다.

3장 '싱글맘의 독서모임'에서는 독서를 통해 실질적으로 변화한 제 모습을 자연스럽게 아이가 바라보면서, 자존감 있는 엄마와 아이로 성장하는 이야기를 담았습니다. 4장 '아이의 꿈과 함께, 가치 단어와 함께, 싱글맘의 독서메시지'에서는 현재의 삶에서도 충분히 꿈과 가치를 찾아갈 수 있다는, 대한민국 싱글맘들을 향한 저의 진심을 담았습니다.

싱글맘인 저는, 아이에게 더 많은 사랑을 전해주기 위해 늘 노력하고 있습니다. 아이의 마음에 따뜻함과 믿음, 사랑을 듬뿍 채워주기 위해 오늘도 저는 배웁니다. 책을 읽습니다. 글을 씁니다.

아프다고 힘들다고 도망가거나 포기하지 않고 묵묵히 제 자리를 지키기 위해 힘을 내어봅니다. 엄마를 믿고 사랑해 주는 아들이 있기에 행복한 싱글맘입니다.

쉽지 않은 삶을 살아가고 있을 대한민국 싱글맘들에게 지금도 잘하고 있다고, 애쓰고 있다고, 함께 힘내자고, 자신을 사랑할 수 있는 용기를 내자고 말하고 싶습니다. 그리고 이 책이 앞으로 남은 인생을 당당하게 살아가는데 조금이나마 도움이 되기를 바랍니다. 우리 아이들은 알 거예요. 싱글맘인 우리가 얼마나 자신들을 사랑하고 있는지, 얼마나 열심히 살고 있는지.

우리의 마음을 대신한 진심 한 조각을 여기에 내어 놓습니다.

목 차

제1장 싱글맘인 내가 책을 읽는 이유

제2장 내 마지막 꿈은 엄마 나무가 되는 것

제3장 싱글맘의 독서모임

제4장 아이의 꿈과 함께, 가치 단어와 함께, 싱글맘의 독서 메시지

1장

싱글맘인 내가 책을 읽는 이유

1. 선택, 달콤하고 오묘한

독서를 처음 시작한 것이 언제였을까? 글을 쓰기 위해 기억을 떠올려 본다. 어린 시절은 경제적으로 넉넉한 편은 아니었지만 부지런하신 부모님 덕분에 크게 불편을 느끼지 못하고 자랐다. 책을 좋아하는 나였지만 보고 싶은 책을 사서 읽을 수 있는 여유로운 형편이 아니었다. 이런 내가 독서를 시작하게 된 이유는 그냥 책이 좋아서이다. 책은 나에게 좋은 친구였다. 어려운 형편에 TV가 없었던 아주 어린 시절부터 책이 좋았다. 친구들과 웃고 떠들고 어울려 다니는 시간도 있었지만, 그런 시간보다는 혼자서 조용히 책을 읽고 라디오를 듣는 게 훨씬 좋았다. 책은 그렇게 나의 친구가 되어 주었고, 책을 읽으면서 나는 기쁘기도 하고 슬프기도 했다. 그렇게 내가 알지 못하는 다른 세상을 만나기 시작했다.

책이 정말 좋았다. 집에 있는 만화책부터 엄마가 주위에서 얻어 온 동화책, 심지어는 교과서를 읽는 것도 좋았다. 자라면서 시집도 읽고 소설도 읽고 눈에 보이는 대로, 마음 가는 대로 책을 읽었다. 『백설공주』, 『신데렐라』 등 누구나 이름만 들으면 다 아는 동화책들이 어린 시절 나에게 많은 영향을 주었다.

"새엄마는 다 나빠. 나는 진짜 다행이야. 엄마, 아빠가 다 계셔서." 동화책을 읽고 그 속에 푹 빠져 현실에 있는 진짜 엄마에게 해맑게 말했다. 동화책뿐 아니라 교과서까지 재미있다고 읽으며 혼자 별별 상상을 다 하는 내 모습을 보고 친구들은 나를 특이하게 바라보았다.

"책 읽는 시간에 좀 더 놀자. 교과서가 왜 재미있어? 너 어디 모자라는 거 아냐?"친구들의 핀잔 속에서도 늘 책을 좋아하던 나였기에 지금 이렇게 글을 쓰고 있는 것은 아닐까 하는 생각이 든다.

감수성이 풍부해지는 사춘기 시절에는 시집을 참 많이 읽었다. 『넌 가끔 가다 내 생각을 하지 난 가끔 가다 딴 생각을 해』라는 베스트셀러 시집을 낸 원태연 시인은 감수성 풍부한 여고생들에게 인기가 엄청 많았다. 나도 예외는 아니었다. 사랑이 뭔지도 모르면서 달콤한 시들을 통해서 어렴풋이 사랑의 감정을 느끼고 배웠던 것 같다. 또한, 소설책은 재미와 흥미를 가져다주는 책이었기 때문에 심심할 때, 가끔 머리를 식히고 싶을 때 편안하게 읽었다.

좋아하니까 편하고 쉽게 다가왔던 독서이고, 덕분에 책을 통해 다양한 느낌들을 배워 갈 수 있었다. 그렇게 나는 달콤하고 오묘한 선택을 했다. 좋아하는 것을, 원하는 것을 할 수 있는 게 얼마나 행복한지 나만 느끼는 감정은 아닐 것이다. 독서가 좋아서 시작했고, 지금도 즐기면서 하고 있다.

<엄마의 생각>

책을 읽으면서 위로나 감동을 받았던 글귀가 있었나요?
기억을 떠올려 써 볼까요?

2. 아프다 울고 싶다

어린 시절 나는 동화책 읽기가 나의 최고의 취미였다. 콩쥐가 새엄마와 팥쥐에게 구박을 당해도 이겨 내고, 신데렐라가 새엄마 때문에 힘들게 살다가 왕자를 만나 행복해지고, 가난하지만 착한 흥부가 제비의 다리를 고쳐주고 부자가 되는 모습들을 보면서 희열을 느꼈다. 주로 좋은 것들을 보고, 즐거운 것들을 보았다.

어린 시절은 가난했지만, 우리를 끔찍하게 사랑해 주시는 부모님이 계셔서 행복했다. 나는 2남 1녀 중 둘째로 태어났다. 남동생은 태어나면서부터 원인도 알 수 없는 병으로 아팠다. 그래서 늘 부모님은 걱정이셨고 오빠와 나도 남동생에게 많은 도움을 주고 싶어 했다. 그러다가 어느 날 오빠가 11살, 내가 7살, 남동생이 4살이 되던 해에 몸이 약했던 남동생이 우리 손을 잡고 걸을 수 있게 되었다. 이날을 기념하기 위해 농사일에 바쁜 부모님이 시간을 내어 우리 가족은 처음으로 손을 잡고 달성공원에 놀러 갔다. 손재주가 많으신 엄마는 삼 남매의 머리도 이발해 주셨고, 옷도 뜨개질로 직접 만들어 주셨다. 엄마가 예쁘게 잘라준 단발머리에 직접 만들어 준 옷을 입고 온 가족이 함께 처음으로 간 달성공원의 기억은 지금도 잊을 수가 없다. 바쁘신 부모님이 우리와 처음으로 여행을 가고, 아팠던 남동생이 스스로 걸을 수 있다는 것만으로 행복하고 신이 났다.

그 기억이 지금도 생생하다. 남들은 동물냄새 나는 달성공원이 뭐가 즐겁냐고 할지도 모르겠지만, 엄마가 잘라 준 머리가 뭐가 마음에 드냐고 할지도 모르겠지만, 나에게는 부모님과 온 가족이 함께할 수 있었던 여행이었다. 냄새가 나도 좋았고 엄마의 손재주를 자랑할 수 있어서 좋았다. 그때는 마치 내가 동화책 속 주인공이 된 것만 같았다.

고3 학생 신분으로 사회에 첫발을 내딛던 햇병아리 시절에도 책은 나와 함께했다. 친구들보다 먼저 사회생활을 시작했기에 정신없었던 20대 시절. 업무와 관련된 재미없는 자격증 책들만 봤다. 대학 캠퍼스에서 웃고 떠들면서 재미있는 소설과 만화책으로 20대를 보낸 친구들과는 다른 삶을 살았지만, 지금의 나를 있게 해 준 감사한 시간이기도 하다. 30살이 되자마자 그토록 가고 싶었던 야간대학에 진학했다. 비록 캠퍼스의 낭만이 없던 대학 생활이었지만, 소중한 사람들과 인연을 맺어준 야간대학 생활은 나름의 즐거움이었다. 그때 선택해서 읽었던 책들은 나의 마음을 편안하게 만들어 주었다.

35살이라는 늦은 나이에 결혼하고, 아이를 가졌다. 임신한 사실을 알고 처음으로 산 핑크빛 표지의 태교 동화책이 아직도 머릿속에 생생하게 남아있다. 두려움과 설렘으로 누구보다 행복한 엄마가 될 준비를 하고 있었다. 그리고 어떤 말로도 표현할 수 없을 만큼 소중한 존재, 나의 아들이 태어났다. 아들이 세상에 태어나는 순간 온 세상을 다 가진 기분이었다.

아들에게 엄마, 아빠의 사랑을 듬뿍 받고 자랄 수 있는 환경을 만들어 주고 싶었지만, 나의 바람과는 반대로 결혼 생활은 행복하지 않았다. 아이 아빠의 끝없는 의심과 폭력 앞에서 조금씩 나 를 잃어가고 있었다. 하지만 그 순간에도, 내가 지켜야 할 아이가 있었기에 모든 것을 아이에게 집중하면서 살았다. 『엄마 수업』, 『내 아이를 위한 감정코칭』, 『칼비테의 자녀교육법』, 『아이를 잘 키운다는 것』, 『하루 한 줄 아이를 위한 인문학』 등 아이의 양육과 관련된 책을 닥치는 대로 읽었다. 그때 내가 할 수 있는 최선이었다. 책을 통해서라도 아이에게 좋은 것만 전해주고 싶은 엄마의 마음이었다. 내 삶의 중심은 아들이었다. 하지만 나와 다른 엄마들의 이야기를 읽으면서 설레고 행복해야 할 그 순간을 즐기지 못하는 나를 발견했다. 불안하고 두려운 결혼 생활 속에서 아이를 잘 키우겠다는 욕심 이외에 다른 생각과 감정들은 가질 수 없었다.

단 한 번도 상상해 보지 않았던 이혼. 아들이 4살 되던 해에 결국 나는 힘겨운 선택을 했다. 내가 살아야 했고 무엇보다 아들에게 행복한 모습을 보여 주고 싶었다. 이혼을 선택하고 난 후, 그동안 당당했던 나의 모습은 찾아보기 어려웠다. 항상 우울하고 사람들을 피해 다니기 시작하던 시기에, 내가 책을 좋아한다는 것을 알고 있던 지인에게서 『마음사전』이라는 책을 선물 받았다.

한 단어 한 단어가 나의 마음을 대신 표현해 주는 것 같다는 착각에 빠졌다. 그리고 곧 알게 되었다. 울음을 속으로 늘 참고 있었다는 것을. 흠칫, 놀랐다.

"민주야, 너 지금 많이 힘들고 아프구나. 울고 싶구나. 실컷 울고 털고 일어나 보자."책이 나에게 위로의 말을 건네주고 있었다.

아들을 안고 실컷 울었다. 그리고 아들에게 말했다.

"지금부터 엄마가 하는 말 잘 들어. 엄마와 아빠는 이혼했어. 그래서 같이 못 사는 거야. 엄마가 너와 행복하게 살고 싶어서 너를 키우기로 했어. 미안해. 아들, 엄마 마음대로 아빠 없이 널 키우겠다고 선택한 거……." 초등학생이 되기 전이었지만, 아들은 의외로 담담하게 받아들이고 오히려 엄마인 나를 위로해 주었다.

"엄마, 울지 마. 나는 아빠 없어도 괜찮아. 엄마가 나한테 얼마나 잘해주는지, 엄마가 나를 얼마나 사랑하는지 다 알아. 그러니까 엄마 울지 말고 우리 행복하게 살자." 내 눈에는 아기인데 아들의 마음은 이미 어른이 되어 있었다.

어느새 6학년이 된 아들의 담임 선생님과 전화 상담을 하는 날이었다. 선생님께서 물으셨다.

"'엄마가 ( ) 할 때 나는 슬프다'라는 질문을 했는데, 혹시 어떻게 대답했는지 아세요?"

"'엄마한테 혼날 때 슬프다.'아닌가요?"라고 나는 말했다. 그런데 선생님의 답은 예상 밖이었다.

"아니요. 엄마가 우울할 때 나는 너무 슬프다'라고 적었어요." 가슴이 먹먹했다. 퇴근 후 달려가서 아들을 꼭 안으면서 물었다.

"아들, 요즘도 엄마 보면 슬프니?"

선생님과 상담을 하기로 했다는 말을 기억하는 아들이 웃으면서 말했다.

"아니, 요즘은 안 슬퍼 보여. 새벽에 일어나서 책도 읽고 엄마가 좋아하는 글도 쓰고 일도 하고 바쁘게 지내고 잘 웃고 나랑도 잘 놀아주고 하잖아. 요즘은 엄마 우는 모습, 거의 못 봤어."

마음이 아프고 울고 싶을 때 다가와 준 책 『마음사전』을 지금 다시 펼쳐 들었다. 이제는 마음을 따뜻하게 위로해 주는 책이 되었다.

나의 환경과 마음 상태에 따라 다른 느낌으로 찾아와 주는 책이 있어서 감사하고 그런 책을 읽는 내가 더 사랑스럽다.

'아프다, 울고 싶다'라는 감정을 알아차릴 수 있음에 감사하면서 나는 오늘도 책을 읽는다.

<엄마의 생각>

마음이 아프고 울고 싶을 때, 제일 먼저 하는 말이나 행동은 무엇인가요?
또는, 어떤 책을 읽나요?

3. 벌거벗은 나

살면서 한 번쯤은 책을 읽으면서 '이거 완전 내 이야기인데 이 사람 나를 아나?' 하는 생각을 해 본 적이 있을 것이다. 책을 좋아해서 이것저것 다 읽는 나 같은 사람이라면 더더욱 그런 경험이 많을 것이다.

『벌거벗은 나』라는 제목을 보면 어떤 책이 제일 먼저 떠오를까? 나는 어린 시절 읽었던 동화책 『벌거벗은 임금님』이 떠오른다. 사람의 속임수에도 체면을 먼저 챙기던 벌거벗은 임금님. 그냥 어린 시절 읽었던 동화책으로만 기억 속에 남아있었던 벌거벗은 임금님 이야기가 내 이야기가 되었다. 나도 세상에 벌거벗은 모습으로 살아가고 있었다. 아니, 벌거벗은 모습을 포장지로 꽁꽁 감싸고 살았다.

36살 때, 제일 소중한 존재인 아들을 만났다. 아들이 4살 되던 해, 나는 평범함이라는 가면을 쓰고, 두려움의 공포 속에서도 괜찮은 척 가짜 포장을 한 채 살았다. 그리고 이혼을 선택했다. 주위의 시선이 무서워서 가족들 이외 친한 친구에게도 알리지 못하고 하루하루 힘겹게 버텨 내고 있던 시간 속에서 아들이 초등학교에 입학하게 되었다. 초등학교 입학 후 가정조사서를 작성하는데 아빠의 이름, 직업, 전화번호란이 있었다.

'이제 드디어 내가 싱글맘이 된 걸 아는 사람이 생기겠구나. 그런데 아들이 상처를 받으면 어떻게 하지? 혹시라도 친구들이 알게 돼서 놀리면 어떻게 하지?' 제일 먼저 아들이 걱정되었다. 미안했다. 나의 선택으로 아들이 힘들어지면 숨을 쉴 수가 없을 것 같았다. 나의 고민과는 상관없이 아들은 상황을 잘 받아들였고 오히려 엄마인 나에게 "나는 엄마만 있으면 괜찮으니까 신경 쓰지 마."라고 말해주었다. 또래 아이들보다 훨씬 더 생각이 깊은, 어쩌면 내가 그렇게 만들었을지도 모를 아들은 그렇게 나에게 힘이 되어 주었다.

나는 학부모가 되고 나서 아들이 학교생활에 잘 적응할 수 있도록 도와주고 싶어서 그와 관련된 책들을 읽기 시작했다. 책을 읽으면서 눈에 제일 많이 들어왔던 글들은 부모의 역할에 대한 부분이었다. 내가 한 부모이기 때문에 이러한 부분을 읽을 때마다 마음이 불편했다. 나의 마음은 짜증과 두려움, 미안함, 슬픔으로 복잡했다. 처음으로 책을 보기 싫은 감정이 밀려왔다. 지금까지 살아오면서 책을 보기 싫었을 때가 딱 한 번 있었는데 회사에서 필요한 자격증 시험을 치기 위해 어려운 공부를 해야 할 때였다. 그 외에는 책을 읽기 싫었던 적이 없었기에 당황스러웠다.

'이게 뭐지? 도대체 무슨 느낌이지?' 싶었다. 착하고 바르게 잘 살아왔던 나에게 왜 이런 일이 일어났는지 이해가 되지 않았다. 벌거벗은 내 모습을 남들에게 보이고 싶지 않았다.

'좋은 부모가 되려면 반드시 아빠, 엄마가 다 있어야 하나? 엄마가 아빠 몫까지 잘하면 되지.' 나를 합리화 하는데 유난히 애쓰는 내가 보였다. 아들이 괜찮다는데 엄마인 나는 왜 이렇게 남의 시선이 두려운 건지, 현재의 나로 충분히 아들에게 사랑을 주고 있고 부끄럽지 않게 잘 살아가고 있는데……. 언제까지 가면을 쓴 채 포장지를 두르고 살아가려고 이러는 거지?

살아온 시간보다 살아가야 할 시간이 더 많은 현실 앞에서 엄마인 내가 당당하지 않으면서 아들이 당당하게 살아가길 바라는 건 나의 욕심이 아닐까?

이런 마음이 들기 시작하면서 현실을 인정하고 자존감 있게 살아가기로 다짐 했다.

민주야, 지금 이대로 너 충분히 잘 살아가고 있어. 따뜻하고 다정한 엄마로, 해야 할 일 잘해 내는 책임감 있는 사회인으로, 너를 믿고 든든하게 후원해 주는 부모님도 계시고, 당당하고 강한 엄마로 살아가게 해 주는 너의 가장 소중한 보물인 아들도 있고, 그러니까 두 눈 크게 뜨고 세상을 바라봐. 너만 충분하면, 너만 괜찮으면 아무것도 문제 될 게 없는 세상이야. 아무도 신경 쓰지 않아. 이제는 가면을 벗고 지금 너의 모습 그대로 보여줘도 괜찮아. 왜냐구? 너는 지금 이대로 충분하니까. 엄마의 우울한 모습을 볼 때 가장 슬프다는 아들이 있으니까. 아들에게 언제나 그 자리에 두 팔 벌려 안아 줄 수 있는 엄마 나무가 되어 주는 게 너의 소원이자 꿈이니까. 이제 벌거벗은 나를 그냥 편안하게 바라보자. 그동안 애썼다. 지금부터는 즐기면서 살자.

사랑한다 김민주!!

<엄마의 생각>

나 자신이 밉고 마음에 들지 않을 때는 어떻게 하면 좋을까요?
충분히 잘 살고 있는 스스로를 토닥거려 줄 수 있는 한 마디를 써 보세요.

4. 돌 깨지는 소리

바보!

돌 깨지는 소리.

나는 살면서 바보, 돌 깨지는 소리를 자주 들어 본 것 같다. 아는 것보다 모르는 게 더 많았고 살아가면서 온몸으로 부딪혀 느낀 경우가 많았다는 의미이기도 하다.

어릴 때 한 번쯤은 읽었을 법한 위인전을 통해 보통의 여자들은 집에서 살림을 하면서 남편이 잘되도록 뒷바라지하고 아이를 잘 키우는 것이 현명하고 지혜로운 사람이며 무엇보다 잘살아낸 삶이라는 것을 읽으면서, 그리고 모든 것을 아버지와 자식들에게 맞추어 살아가는 엄마를 보면서 자연스럽게 나에게는 가정을 지키지 못하는 사람들에 대한 편견, 현모양처가 되고 싶은 가치관, 다른 사람을 먼저 생각하면서 사는 게 사회생활을 잘하는 것이라는 사고방식을 가지게 되었다.

훌륭한 인물 뒤에는 어떤 상황에도 흔들리지 않고 자신을 희생하며 살아가는 엄마들이 있었다.

신사임당, 한석봉의 어머니, 그리고 무엇보다 내 삶에 직접적인 영향을 주는 부모님, 책을 통해서도 현실을 통해서도 여자들은 자기 삶보다는 가족의 삶이 먼저라고 자연스럽게 생각했다. 위인전에 나오는 엄마들만큼은 아닐지라도 우리 엄마만큼이라도 나는 살고 싶었고 살아야 한다고 생각했다. 그런 마음으로 한 사람의 아내가 되었고 한 아이의 엄마가 되었다.

하지만 현실은 내가 생각하는 것과는 달랐다. 처음이라 낯설어서 힘든 거라고 스스로 위로해 보고 내가 조금만 더 참고 살면 나아질 거라는 막연한 기대 속에서 답답하고 아픈 시간을 견뎌내기 위해 몸부림치는 내 모습에 너무 화가 났다.

'민주야, 너는 니가 키워야 할 아들이 있어. 그 아들한테 아빠 없는 아이라는 소리 듣게 하고 싶어? 그리고 너는 회사에서도 어느 정도 인정받고 지내잖아. 이혼녀라는 소리 듣고 싶어? 부모님 가슴에 못을 박는 딸이 되고 싶어? 정신 똑바로 차리고 현실을 봐.'

내 마음의 소리에 다시 한번 이를 악물고 순간을 버텨 보자고 다짐했다. 하지만 나는 남편의 폭력 앞에 결국 무너져 내렸다. 나의 인

내심은 결국 두 손을 들었다.

'그래, 민주야 이건 아니야. 여기서 끝내자. 니가 없으면 다른 것들이 무슨 의미가 있겠니? 안 그래.'

위인전에 나오는 지혜로운 아내, 현명한 엄마, 그리고 다른 사람을 먼저 생각하고 착하고 바른 사람으로 살고 싶었다. 그래야만 한다고 믿었던 나에게 찾아온 비참한 현실 앞에서 정말 죽고 싶었다. 마치 고장 난 수도꼭지처럼 나의 눈에서 눈물이 끝없이 흘러내렸다.

내가 싱글맘이 되기 전까지 내 주위에는 싱글맘이 없는 줄 알았다. 싱글맘과 관련된 책들도 눈에 띄지 않았고 읽어본 적도 없었다. 현모양처가 당연한 건 줄 알았기에 아이를 잘 키우는 방법, 부부가 잘사는 방법에 관한 책만 읽었다. 책 속에서 가르쳐 주는 대로 잘해 보고 싶었지만 내 삶이 아니었기에 잘되지 않았다.

남을 먼저 배려하고, 이해하는 바른 사람으로 살고 싶은 나였기에 항상 내 의견보다는 다른 사람의 의견을 더 많이 듣고 수용하고 따르는 조금은 내성적이고 소극적인 나였다. 그랬던 내가 이혼이라는 선택 앞에서는 그렇지 않았다. 모든 선택의 중심에는 내가 있었고, 어떤 경우에도 포기하지 않고 아이를 키우겠다는 결심도 했다. 누구의 말도 들리지 않았고 듣고 싶지 않았다. 그것만이 내가 할 수 있는 유일한 선택이었다.

한 번도 경험해 보지 못했고, 상상조차 하지 못했던 현실이었기에 두렵고 암울했다. 그래도 아이를 두고 나 혼자 살아갈 자신이 없었다. 아이가 없는 내 삶은 상상할 수 없었다. 아들은 나의 전부였다. 그렇게 세상에서 둘도 없이 착하고 말 잘 듣고 자기 할 일 잘하던 부모님의 딸은 사라졌다.

가정을 지키지 못하는 사람들을 보면서 속으로 답답하다 생각했던 나의 편견도 깨졌다. 왜냐하면, 내가 그런 사람이 되어 버렸으니까. 현모양처에 대한 가치관도 깨졌다. 아니, 나 스스로 깨뜨렸다. 다른 사람을 먼저 이해하고 배려하면서 사는 것이 바른 생활이라는 나의 사고방식도 조금씩 변하기 시작했다.

세상은 혼자 살 수 없는 곳임은 분명하지만 내가 없는 세상은 존재하지 않는다는 것을 온몸으로 경험하면서 알게 되었다. 나를 먼저 인정하고 내가 살아야 다른 사람도 배려할 수 있다는 것을. 어쩌면 너무나 당연한 사실을 나는 왜 이렇게 큰 아픔을 통해서 알게 되었을까? 이 또한 신이 나에게 주는 숙제, 아니 어쩌면 기회일지도 모르겠다. 물론 이혼을 선택하고 몇 년 동안 죽을 만큼 힘들었고, 부모님과 아이에게 죄책감과 미안함에 죽고 싶을 때도 많았다. 하지만 어느새 9년째 싱글맘으로 살아가면서 아이에게 부끄럽지 않은 멋진 엄마가 되려고 노력 중이다. 그리고 직장에서도 아이 때문에 일에 지장을 주지 않는 사람이 되려고 노력하고 있다. 또한 이해하고 싶지 않았고, 이해할 수 없었던 아이 아빠를, 그의 살아온 환경을 다시 볼 수 있게 되면서 조금씩 이해하고 있다. 지금까지도 나의 든든한 울타리가 되어 주시는 부모님을 보면서 나도 세상에 하나뿐인 내 소중한 아이에게 꼭 필요한 울타리가 되어 주리라. 세상 모든 사람이 나에게 손가락질하더라도 당당하게 맞설 수 있는 내가 될 거라고, 나 자신을 사랑하고 또 이해하고 보듬어 주리라 다짐한다.

아픔으로 인해 많은 것들이 변했지만, 지금의 내 삶도 충분히 행복하다. 아니 오히려 예전보다 더 행복하다. 살다 보니 편안하게 지난 과거를 돌이켜 볼 수도 있게 되었다. 나는 오랫동안 깊은 땅굴 속에 숨어 있었다. 온갖 편견들 속에서. 그런데 그 편견이라는 땅굴 속에서 나오니 세상은 따뜻하고 밝았다. 지금 땅굴 속에 숨어 있는 사람들에게 말해주고 싶다. 세상은 따뜻하고 밝다고. 그래서 나는 책을 읽고 글을 쓴다. 땅굴 속에 숨어 있는 그 사람들에게 단 한 줄기의 희망의 빛을 전해 줄 수 있으리라는 설렘과 기대로.

<엄마의 생각>

당신이 생각하는 한 줄기 희망의 빛은 무엇인가요?

5. 뚜벅뚜벅, 한 걸음의 힘

힘든 일이 생길 때마다 도망가고 싶어지고 초라해지는 내 모습이 싫었다. 아무 생각도 할 수 없는 무기력한 삶이 이어지고 있을 때 나에게 힘이 되어 주었던 것이 책이었다. 생각 없이 그냥 웃을 수 있는 만화책, 나보다 어려운 상황에서도 씩씩하게 밝게 살아가는 사람들의 이야기, 부자들이 살아가는 이야기, 일상을 벗어나 휴식을 취하는 여행 이야기 등 내가 직접 경험하지 못했던 일을 책을 통해서 읽고 그렇게 살고 싶은 생각에 내 마음도 조금씩 변화하고 있었다.

변화라는 것이 얼마나 힘 드는지 나만 힘든 건가?

19살 학생 신분으로 직장인이 되어서 한 곳에서 익숙하게 살아온 나였다. 무엇보다 화목하고 평범한 가정을 이루고 싶은 마음이 가득한 나였기에, 아이를 위해서라면 무엇이든 다 할 수 있다고 생각했다. 모든 것의 중심이 아이에게 있었던 나였기에 이혼을 선택했다. 하지만 새로운 변화는 죽을 만큼 힘이 들었다. 그래도 아이를 위해서 살아야 했기에, 죽는 것보다는 나을 변화를 선택했다.

『항상 나를 가로막는 나에게』라는 책은 힘든 시기를 보내는 나에게 큰 힘이 되어 주었다.

"언제나 부족함을 느끼는 당신을 위한"

"아들러의 빛나는 통찰."

"보여주기 위한 삶에 지친 당신에게"

책에 나오는 짧은 구절들이 모두 나를 위한 글이라는 생각이 들었다.

열등감, 우월감, 아이의 선택, 엄마의 잔소리, 나를 둘러싸고 있는 것들, 내가 가야 하는 길, 용기를 내어 살아야 하는 이유. 많은 부분이 내 가슴에 콕콕 박혔다. 짧은 글이지만 쉽지 않은 책이었다. 그렇지만 제목만 보아도 내 마음이 그랬구나 싶을 정도로 마음이 조금씩 풀어지기 시작했다. 심리학자 아들러의 기준에서 적힌 글들이라 이해하기 어려운 부분도 있었지만 어렵게 생각하지 않기로 했다. 그냥 나를 위로할 수 있는 글이라고 생각하고 내 마음에 새기고 싶은 글들은 읽고 또 읽었다. 책 속에서 말했다. 모든 것은 선택의 문제라고,

나에게는 아직 용기가 남아있다고, 삶은 과거가 아니라 미래에서 온다고…….

'그래, 이게 내가 변화해야 할 이유이고 살아야 할 이유야. 지난 시간에 집착해서 앞으로 나아가지 못하는 삶. 그건 살아 있는 게 아닌 거야. 더 잘 살기 위해서 나 스스로 선택한 거잖아. 왜 그 구덩이에 빠져서 못 나오는 거야? 무슨 미련이 남은 거야?'

나에게 계속 질문했다. 처음에는 대답하기 어려웠지만 반복해서 읽고 질문할수록 나를 둘러싼 껍질을 벗겨낼 수 있었다.

'힘들었던 그 시간에 무슨 미련이 있다고, 지금 내 삶이 얼마나 좋아지고 있는데 왜 울고 있는 거야. 왜 이렇게 숨어서 지내는 거야.'

그렇게 조금씩 내 마음을 진지하게 들여다보기 시작했다.

생각해 보니 나는 타인의 시선이 두려운 것이었다.

'내 인생이고 내 삶인데 남의 시선이 뭐라고? 내가 죽을죄를 지은 것도 아니고 남에게 나쁜 짓을 한 것도 아닌데 왜 이러고 살고 있지? 남들이 내 인생을 살아 주는 것도 아니잖아. 내 인생은 내 거야. 아이와 행복하게 살려고 선택한 건데 뭐가 문제야?'

많은 생각이 들기 시작했다. 그러면서 차츰 내 마음이 편안해져 가고 있다는 것을 느꼈다. 그렇게 나는 내 현실을 인정하고 나를 이해하면서 다시 한번 멋진 내 삶을 위해 새로운 변화에 한 걸음씩 도전하기를 선택했다. 나의 선택에 제일 큰 작용을 한 사람은 나의 아들이고, 책 『항상 나를 가로막는 나에게』은 나에게 용기를 주었다. 원하지도 않았던 비참한 현실이라는 생각도 결국 나의 생각이었다.

나는 당당하고 멋진 엄마의 뒷모습을 바라보면서 자랄 아들을 생각하면서 과거의 잘못된 생각들과 헤어짐을 선택했다. 더 나은 미래에 아이와 함께 행복하게 살아갈 모습을 상상하며, 몸에 배어있는 성실함을 밑거름으로 뚜벅뚜벅 한 걸음씩 변화하고 그 변화를 통해 성장할 것이다. 그리고 뚜벅뚜벅 걸어가는 엄마를 응원해 주는 아들의 손을 잡고 지금 이 순간 웃을 수 있는 나는 행복한 엄마이다.

〈엄마의 생각〉

변화란 결코 쉬운 것이 아닙니다.
지금 당장 도전할 수 있는 '변화의 모습'을 써 보세요.

____

____

____

6. 이제는 독수리가 되어

사람마다 좋아하는 것이 있고 재밌어하는 일이 있듯이 나에게 책은 그냥 좋은 것이었고 즐거운 것이었다. 나는 책을 읽으면서 우울한 기분을 달래기도 하고 즐거운 기분을 마음껏 누려 보기도 한다. 내가 살아보지 못한 삶을 책을 통해 배우고 알아가고 나 또한 그렇게 살기를 희망하기에 책을 좋아하는지도 모르겠다.

무엇보다 엄마가 처음인 나에게 좋은 엄마가 되는 방법을 알려주고 아이를 잘 키우는 방법에 대해 알려주는 육아서적이 있으니 어떻게 내가 책을 읽지 않을 수 있겠는가? 엄마가 처음이니까 모든 것이 서툴고 부족하기만 한데 아이는 너무 사랑스럽고 도대체 어떻게 하는 것이 아이를 위한 것인지 알 수가 없으니 답답했다. 이런 나의 답답함을 해결해 준 것이 책이었다. 아들에게 좋은 엄마가 되고 싶어서 책을 읽었다.

내 마음속에는 온통 아들만 자리 잡고 있었지만 할 줄 아는 게 아무것도 없는 초보 엄마였다. 분유 온도도 잘 못 맞추고, 아이가 왜 우는지도 모르고, 목욕도 혼자서 씻겨줄 수 없었다. 그저 아들이 옆에 있는 것만 행복하고, 아들과 함께 있어 주는 것만이 최선이라 생각하는 왕초보 엄마였다. 하지만 다행히 아들에게는 든든한 외할머니가 늘 함께 계셨다. 덕분에 엄마 없는 빈자리를 느끼지 않은 채 아들은 잘 자라주었다.

엄마, 아빠 사랑을 듬뿍 주면서 평범한 가정에서 행복만 선물해 주고 싶은 나의 마음과는 다르게 아들이 4살 때 나는 싱글맘이 되었다. 그 이후부터 나는 아들에게 집착하는 마음이 생겼고 그 마음이 사랑인 줄 착각하고 직장 일 이외에는 모든 순간을 아들과 함께했다. 시간이 흐른 후 친정엄마와 주위 사람들이 얘기해 주었다. 그게 아들을 위한 것이 아니라고, 그렇게 집착하는 것이 얼마나 부담이 되는 줄 아느냐고 친정엄마와 주위 사람들이 이야기해 주었을 때는 쉽게 받아들이지 못했다.

퇴근하고 집에 오면 나도 하고 싶은 일들이 많았지만, 조금이라도 아이와 함께 있는 시간을 더 만들려고 아등바등 노력했는데 그게 아이를 돌봐주는 친정엄마와 아이에게 부담이라니. 이 무슨 말도 안 되는 소리인가 싶었다. 그러다가 아이를 먼저 키워 본 친구들, 그리고 친정엄마, 주위 사람들의 경험을 통해 육아서적을 통해서 뒤늦게 깨달았다. 주위의 경험을 통해 그렇게 나는 아들에게 좋은 엄마가 되고 싶은 간절한 바람으로 나의 환경을 살피고 다시 수정할 수 있게 되었다.

어느새 13살이 된 아들과 나는 여전히 친구 같은 엄마로 지내고 있다. 아들은 아직 엄마인 나에게 비밀이 없다. 짜증 나는 일도 속상한 일도 엄마에게 얘기해 주는 아들이 있어서 얼마나 고마운지 모른다. 책을 읽고 공부하는 엄마를 응원해 주고 좋아해 주는 아들 덕분에 어쩌면 더 열심히 책을 읽는지도 모르겠다.

아들이 어릴 때부터 내가 늘 했던 말이 있다. 살다가 어렵거나 힘든 일이 생기면 언제든 주저하지 말고 엄마에게 오라고. 엄마는 항상 같은 자리에 머물러 있는 엄마 나무가 되어서 너를 지켜주겠다고.

"엄마는 사람인데 어떻게 나무가 되는 거야? 안 돼. 엄마가 나무가 되면 절대 안 돼."라고 얘기하던 아들이 "엄마가 늘 나를 지켜주는 나무가 되어 주는 것처럼 나도 항상 엄마 곁에 있을게."라고 응원해 주는 아들이 되었다. 아들에게 부끄럽지 않은 엄마로, 내 현실을 인정하고 나 스스로 사랑하며 나의 정체성을 만들어 가는 당당한 사람으로 살아가기 위해 나는 오늘도 잠깐의 시간을 내어 책을 읽는다.

익숙함과 편안함에 길들어져 그냥 무난하게 살아가는 오리 말고, 내가 먼저 변화하고 성장하면서 다른 사람들을 도와줄 수 있는 강인함과 당당함을 가진 독수리가 되어 훨훨 세상을 날아보고 싶다. 엄마 독수리와 아들 독수리가 같은 곳을 바라보며 그곳을 향해 날아갈 수 있다면 그 이상 내가 무엇을 바라겠는가?

상상만으로도 행복한 이 시간 아들을 꼭 안아 줄 수 있는 내가 참 좋다.

나에게 안겨서 웃어주는 아들이 참 좋다.

<엄마의 생각>

10년 후 나와 아이가 같은 곳을 바라보고 있다면 그 곳은 어디일까요?
상상해서 써 보세요.

___

___

___

2장

내 마지막 꿈은 엄마 나무가 되는 것

1. 부부 갈등의 최대 피해자는 아이

부모의 이혼으로 벼랑 끝에 선 아이들: 싸우며 원수처럼 사는 것도 이혼 못지않게 나쁘다.

이혼 후유증, 최소화할 수 있다. 부모의 이혼이 아이의 잘못이 아니라는 얘기를 분명히 했습니다. 엄마가 아이를 데리고 살 경우, 엄마가 어떤 모습으로 사는가도 아이에게 큰 영향을 미칩니다. 엄마가 긍정적이고 적극적으로 살 경우, 이혼 후유증이 크지 않았습니다.

- 출처: 존 가트맨. 최성애. 조벽 지음. 『내 아이를 위한 감정코칭』. 한국경제신문 -

'세상에서 나에게 가장 소중한 존재는 아들이다. 이런 아들을 위해서라면 난 뭐든지 다 할 수 있어.'

3kg도 되지 않은 작은 체구와 주름이 자글자글한 빨간 얼굴에 눈

도 제대로 뜨지 못한 신생아실 너머 보이는 아들과의 첫 만남. 36살 적지 않은 나이에 입덧도 심했고 제왕절개로 아이를 낳았다.

"아들아, 엄마가 미안해. 너랑 같이 있는 아이들은 엄마들이 태교도 잘하고 잘 먹어서 그런지 피부도 뽀얗고 모두 건강하게 태어났는데, 너는 엄마를 잘못 만나서 고생하고 태어나느라 이렇게 작고 피부도 빨갛구나. 그렇지만 엄마는 누구보다 널 사랑해. 지금부터 어떤 일이 있더라도 널 지켜주는 엄마가 될게. 우리 행복하게 살자."

열 달 내내 입덧을 하고 제왕절개로 태어난 아들에게 딸꾹질을 멈출 만큼의 양도 수유해줄 수 없는 나는 내 마음과는 달리 처음부터 완전 빵점 엄마였다. 하지만 누구보다 아이를 사랑하는 마음만큼은 우주 최강 엄마였다. 나 스스로 이렇게 지칭해 본다.

서로 다른 환경에서 자라서 결혼을 한 우리 부부는 처음부터 삐걱거렸다. 서로에 대한 이해를 바라기만 하고 각자가 하고 싶은 이야기만 하면서 그렇게 조금씩 부부 사이는 멀어져 갔다. 부부의 끈을 이어줄 아들이 있었지만, 아이 아빠는 부모님과 떨어져 혼자 오래 살았던 터라 아이에게 사랑의 표현을 할 줄 몰랐다. 나에게는 아들이 최우선이었고, 그에게는 자신의 삶이 최우선이었기에 그렇게 극과 극의 상태에서 부부로 살아갈 자신도 없고 이유도 없었다. 하지만 나는 아들이 최우선이었고, 무엇보다 아들에게 아빠 없는 가정을 만들어주기 싫어서 몇 번을 다짐하고 고민하고 그 사람의 부모님께 도움을 요청해 보았지만, 답은 하나였다.

“여자가 참고 살아야지. 다 니가 잘못했으니 그냥 참고 살아라.”

이해해달라고 찾아간 것은 아니었지만, 같은 여자 입장에서 며느리를 따뜻하게 한번 안아주기를 기대했는데, 되돌아온 답을 듣고서 모든 기대를 내려놓았다.

‘그래, 난 아들을 지켜주어야 하고 아들이 평범한 가정에서 자라길 원하는 엄마니까 조금 더 참고 노력해 보자.’

다시 내 자리를 지키기 위해서 안간힘을 써 봤지만 한번 깨진 조각을 붙이기는 쉽지 않았다. 말도 안 되는 억지를 부리기 시작하고 폭력까지 행사하는 그에게 더 이상의 희망은 보이지 않았다. 당시 내가 본 건 말로 표현할 수 없는 아픔이었다. 나의 상황은 헤어 나올 수 없는 깜깜한 동굴이었다. 이대로 살다가 정말 사랑하는 내 아들을 지켜주지 못한 채 내가 죽을 것만 같았다. 순간 내 머릿속에 떠오르는 단어가 있었다.

‘이혼! 그래, 내가 살아야 아들을 지킬 수 있잖아. 그러니까 쇼윈도 부부로 살지 말고 그냥 깨끗하게 헤어지고 아들과 행복하게 살자.’

내 마음은 이미 깨끗하게 정리되었지만, 막상 부모님께 말씀드리기가 쉽지 않았다. 게다가 싱글맘으로 살아갈 용기도, 다른 사람의 시선을 감당할 자신도 없었기에 나는 머리가 깨질 것처럼 복잡했다.

그때였다. 내 눈에 들어온 한 권의 책. 아들이 태어나고 얼마 지나지 않아서 초보 엄마인 내가 아들의 감정을 좀 알아야겠다는 생각에 읽었던 책 『내 아이를 위한 감정코칭』에서 한 줄의 문구가 눈에 들어왔다.

"싸우며 원수처럼 사는 것도 이혼 못지않게 나쁘다."

맞는 말이었다. 아이 앞에서 매번 부부 싸움을 하거나 폭력이 오고 간다면, 그래서 내 마음이 불편해서 아이를 사랑해 주지 못한다면 그게 더 나쁜 일이라는 생각이 들었다. 쉽지 않은 결정이었기에 고민했지만 분명한 건 누구보다 아들을 사랑하기에 좋은 엄마가 되겠다는 단 한 가지 생각만으로 싱글맘을 선택했다.

내가 지켜주어야 할 아들이 있으니 분명한 삶의 이유가 생긴 것이다. 싱글맘이 된 이후부터 주위에 보이지 않던 싱글맘들이 보이기 시작했고 나처럼 주눅 들거나 숨지 않고 당당하게 사는 모습들이 보였다. 싱글맘들의 삶을 보면서, 책을 통해 읽으면서 나에게는 누구보다 강하고 따뜻한 모성애가 있다는 것을 알게 되었다. 그 따뜻한 모성애를 아들에게 잘 전해주는 엄마가 되기 위해 노력했다.

아침에 눈 뜨면 "아들, 사랑해. 잘 잤어?"하고 꼭 안아주었다. 저녁에 잠들기 전에 "아들, 오늘 하루도 잘 보냈지? 사랑해, 잘 자."하고 토닥이면서 안아주는 그런 엄마였다. 지금도 물론 아침저녁으로 서로가 서로에게 따뜻함을 주는 엄마와 아들로 살고 있다.

최대한 집중해서 아들과 소통하고, 아들의 마음을 읽어 주기 위해 대화를 많이 한다. 그리고 자녀 교육에 관한 책들도 많이 읽는다. 책을 읽으면서 가끔 반대로 행동했던 나 자신을 원망하기도 하지만, 앞으로 더 잘할 수 있다는 희망으로 살아가고 있다.

가끔 아들과 생각이 달라서 힘들 때가 있다. 그런 일이 생기면 잔소리부터 하는 엄마가 아니라 잠시 시간을 두고 각자의 생각을 정리해서 이야기하기도 한다. 물론 엄마인 내 마음을 몰라주는 아들에게 서운하기도 하고 화가 날 때도 있지만, 누구보다 엄마인 나를 믿고 응원해 주는 아들의 마음을 알기에 나는 오늘도 웃는다.

매일 웃을 일만 있다면 너무 시시하지 않을까? 비바람에 가슴이 젖기도 하고, 태풍에 마음이 날아가기도 하고, 먹구름에 머릿속이 깜깜해지다가, 어느 날은 쨍쨍한 햇살과 파랗고 하얀 구름에 온몸이 하늘을 나는 듯한 솜털이 되기도 한다. 그래서 세상은 살아갈 만한 곳이지 않을까?

"엄마가 우울할 때 나는 제일 슬퍼요."라고 말하는 우리 아들. 어린 나이에 아빠와 헤어지고 엄마와 함께 사는 아들은 제가 우울할 때 제일 슬프다고 하는 감수성이 풍부하고 엄마를 사랑해 주는 멋진 아들이다. 싱글맘에 워킹맘인 나에게 아들은 늘 아픈 손가락이다. 그런 아픈 손가락이 지금 나에게는 둘도 없는 든든한 버팀목이 되어 주고 있다. 그럼 엄마인 나는 어떻게 해야 하지? 나는 어떤 엄마가 되기 위해 이 순간을 살아가고 있을까? 지금처럼 당당하게 웃으면서 내 삶을 살아가는 엄마가 되고, 책을 읽고 공부하는 엄마가 되어서 아들이 성장할 수 있는 울타리를 만들어 주는 강한 엄마가 되고 싶다.

나는 아들에게 엄마 나무이고, 엄마 등대가 되어서 아들이 힘들고 어려울 때 헤쳐나갈 수 있는 나침반이 되어 주고 싶다. 멈춰 서야 할 때는 신호등이 되어 주고 싶다. 먼길을 떠날 때는 나침반이 되어 주고, 길이 보이지 않을 때는 등대가 되어서 빛을 비춰 주고 싶다. 그리고 전진해야 할지 멈추어야 할지 갈팡질팡할 때는 신호등이 되어 주고, 마음 편히 기대고 쉬고 싶을 때는 언제나 그 자리에 그대로 서서 그늘을 만들어 줄 수 있는 엄마 나무가 되어 주고 싶다. 아들에게 되어 주고 싶은 게 참 많은 엄마다. 나는 그렇게 살아가기 위해 오늘도 책을 읽으면서 다른 사람의 삶과 감정을 배운다.

나침반이 되어 주고 싶은 엄마의 마음, 언제나 든든한 울타리가 되어 주고 싶은 엄마의 마음.

이런 엄마의 마음을 아이에게 가장 잘 전달해 주는 엄마가 되고 싶다.

<엄마의 생각>

어느 날 갑자기 싱글맘이 되었고 아들에게 미안한 엄마가 되었습니다.
그럼에도 불구하고 아들이 엄마를 믿고 의지한다면 어떤 생각이 들고, 어떻게 해야 할까요?
(예. '어떤 엄마가 되어 줄까?'/ 때로는 슬프고 힘들지만 "니가 있어 엄마는 뭐든지 다 할 수 있어."라고 말 해 줄 것이다.)

____

____

____

2. 있는 그대로 믿어주는 내 편, 우리 엄마

"엄마는 언제나 네 편이야. 네가 말을 더듬어도 엄마는 너를 사랑한다. 세상 사람은 다 너에게 문제가 있다 해도 엄마는 너를 사랑한다.

'부처님, 우리 아이는 아무 문제가 없습니다. 다 잘 될 거예요. 감사합니다.'

'괜찮아, 너는 잘 될 거야. 그래, 너는 잘하고 있어. 엄마는 믿어.'이렇게 말해줘야 합니다."

- 출처: 법륜 지음. 『엄마수업』. 한겨례출판(주) -

'오늘은 어떤 마음으로 아들이 하루를 보냈을까?'

잠에서 깨어난 아들의 눈에는 이미 걱정과 두려움이 가득했다.
"엄마 오늘 회사 안 가고 나하고 놀면 안 돼? 딱 하루만 그러면 안 돼?"

금방이라도 눈물이 흐를 것 같은 아들의 모습을 바라보면서,

"엄마가 돈을 벌어 와야 우리가 맛있는 것도 먹고, 잘 살 수 있어. 알지? 어린이집 잘 갔다 와."

아들의 부탁을 들어주지 못하는 현실에 가슴 아파하면서 회사를 향해 떠나는 내 발걸음도 무겁기만 했다. 4살이 되어서 어린이집에 보내기 위해 며칠은 할머니와 함께 왔다 갔다만 하다가 정식으로 등원하는 날 아침 아들이 눈뜨자마자 나에게 했던 말이다.

세상은 혼자 살 수 없는 곳이기에 4살이 되었으니 친구들과 함께하는 시간을 만들어 주기 위해 어린이집에 보내기로 했는데, 아들은 생각보다 심하게 거부했다. 주위 다른 아이들은 모두 잘 가는 것 같은데 왜 이렇게 아들만 거부하는 건지 이해가 되지 않았다. 안 그래도 아빠 없이 키우는 게 마음에 걸리는데 이렇게 어린이집까지 가기 싫다고 거부를 하니 모든 게 내 탓인 것만 같아서 더욱 힘들고 내 자신이 미웠다. 그래도 독하게 마음먹고 나는 출근을 했고 아들을 데리고 어린이집에 가는 할머니는 더욱더 독한 마음을 먹고 어린이집으로 갔다. 그런데 어린이집 문 앞에서 숨 넘어가게 울고 들어가지 않겠다고 뒷걸음질 치는 아들을 선생님이 나와서 끌고 가다시피 해서 들어갔다는 할머니 이야기에 미칠 것만 같았다.

"언제까지 아이를 집에서 혼자 키울 수는 없어. 다른 아이들과 섞

여 살아야지. 나도 그런 모습 보면 힘들지만 여기서 포기하면 안 된다."

친정엄마의 이야기가 다 맞는 말인데도 마음속으로는 '조금만 더 집에서 봐 주면 안 될까?' 하는 마음도 들었다. 그렇지만 그건 나만 생각하는 이기적인 마음이었다. 아들에게도 나에게도 전혀 도움 되지 않는 그런 바보 같은 생각.

그렇게 일주일이 흐르고 다시 월요일이 되어, 나는 출근을 했고 아들은 할머니 손에 이끌려 어린이집으로 갔다. 퇴근 후 집에 돌아오니 분위기가 심상치 않았다. 어린이집에 들어가면서부터 울고 보채는 아들을 어린이집 선생님이 벽보고 혼자 서 있게 하고, 급기야 아들은 집에 와서 나와 대화하는 것조차 거부했다. 달라진 아들의 모습에 겁이 났다. 두려웠다. 어떤 충격을 받았는지 정확히 알 수는 없었지만, 이 상태로 아들을 어린이집에 보낼 수 없었다. 주위 사람들이 얘기했다. 처음 낯선 곳에 가면 다 그런 건데, 엄마인 내가 너무 별나서 그것도 못 참고 아이가 하고 싶은 대로 다 해주면 버릇없어질 텐데, 커서 어떻게 감당할 거냐고. 엄마가 처음인 나에게 이미 엄마 생활을 오래 해 온 친구들의 이야기도 가족들의 이야기도 나를 걱정하는 것이라는 것은 알지만, 이 상태로 아들을 방치할 수 없었다. 어린이집에 적응하지 못하는 아들에게 제일 많이 들려오는 이야기는 사회생활에 적응을 못한다는 말이었다. 내가 가장 염려한 부분이기도 했고 듣기 싫었던 말이기도 했다. 하지만 나는 아들을 믿었다. 처음 선택한 어린이집이 아들과 맞지 않는 거라고 선생님이 잘 맞지 않는 거라고 누가 뭐라 해도 나는 아들을 사랑하고 다른 곳으로 가면 잘 지낼 수 있을 거라 그렇게 아들을 믿었고 내 선택을 믿었다.

여러 곳을 수소문해서 아들과 잘 맞을 것 같은 어린이집을 다시 찾았다. 4살이 끝날 무렵 찾아간 어린이집에서 아들은 처음 갔던 어린이집과는 완전 다르게 빠르게 적응을 하기 시작했다. 들어가자마자 재롱잔치 준비가 있어서 친구들과 섞여서 노래 배우고 율동 하기 힘들 거 같은데 할 수 있겠냐고 물어보는 담임선생님께 하고 싶다고 말하는 아들을 보았다. 늦게 시작했지만, 누구보다 열심히 따라 하고 배우는 아들을 담임선생님은 진심으로 칭찬해 주면서 재롱잔치 무대에서 제일 앞줄에 세워 주었다. 회사의 배려로 이른 퇴근을 하고 재롱잔치 장소로 향하니 무대에서 엄마를 찾아 두리번거리는 아들을 보았고 이내 눈이 마주쳤다. 나와 눈이 마주치는 순간 안심이 되었는지 신나게 율동하고 노래를 부르는 아들을 보면서 감사함에 눈물이 흘렀다.

처음 어린이집에 가서 적응하지 못할 때, 다른 사람들이 억지로라도 보내면 적응한다고 했지만, 그때 내가 아들을 믿지 않고 주위 사람들 말대로 억지로 그곳에 보냈더라면 지금 이렇게 해맑게 웃고 있는 아들을 볼 수 있었을까? 나는 가까운 가족 중에 어린이집에 처음 가서 충격으로 멀쩡하던 아이가 말문을 닫고 장애 치료를 받고 있는 것을 눈으로 직접 목격했기에 더더욱 아들이 온몸으로 거부하는 어린이집을 보낼 수 없었다. 그리고 아들이 거부하는 이유가 분명히 있다고 생각했기에, 어떤 상황에도 나는 아들에게 문제가 없다고 믿었기에 선택할 수 있었다. 새로 간 어린이집에서 처음 가자마자 재롱잔치도 잘 해내고 친구들과 신나게 웃고 선생님을 너무 좋아하는 아들이 얼마나 고마웠는지.

어릴 적부터 선생님이 되고 싶었고, 나이가 들면 봉사하면서 살고 싶었던 나는 아들이 5살 되던 해에 사이버 대학으로 사회복지사. 보육교사 공부를 했다. 그렇게 보육교사 실습을 아들이 다니는 어린이집으로 가게 되었는데 다른 반으로 배정해 달라고 했는데 실습생들이 많아서 어쩌다 보니 아들이 있는 반으로 실습을 들어가게 되었다. 나를 아는 반 친구들이 아들에게 엄마가 왔다고 신기해하면서 얘기해도 아들은 선생님 얘기에만 집중하고 무엇인가를 만들고 있었다. 교실로 들어가면서 아들이 나를 보고 집중 못 할까 봐 걱정했는데 그건 나만의 착각이었다. 반 친구들이 우르르 달려와서 나에게 "어떻게 여기 왔어요?" 질문을 하는데도 아들은 자리를 지키고 앉아 있었다.

'이건 뭐지? 우리 아들 엄마가 와도 반갑지 않나? 궁금하지도 않나?' 속으로 별생각이 다 들었지만 의젓한 아들의 모습에 고맙기도 했다. 그렇게 실습하는 도중 아이들의 하원 시간이 되었고 담임선생님께서 아들에게 조금 있다가 엄마랑 같이 하원 하라고 하는데도 불구하고 아들은 친구들과 차 타고 가는 게 더 좋다고 가방을 메고 나가버렸다.

'이놈이 엄마보다 친구들이 더 좋은 거야? 이럴 수가! 어떻게 엄마한테 인사도 안 하고 휑하니 가 버리네. 집에 가면 보자.' 나는 속으로 생각했다. 실습이 끝나고 집에 오자마자 아들에게 물었다.

"아들, 오늘 엄마가 어린이집에 선생님으로 가서 안 놀랬어? 반갑지 않았어? 엄마 차 타고 오지 왜 친구들이랑 같이 갔어?"

아들의 마음이 궁금해서 속사포처럼 질문했다.

"엄마가 들어와서 처음에는 조금 놀랐는데 엄마가 어린이집 선생님 한다고 했으니까 배우러 왔구나 했지. 그리고 반갑기는 했는데 다른 친구들은 엄마가 안 왔으니까 일부러 모른 척했어. 친구들하고 차 타고 오면서 같이 놀 수도 있고, 엄마보다 빨리 와서 할머니랑 놀고 싶었거든."

5살 아들은 다른 친구들을 걱정했다. 자기가 너무 좋아하면 다른 친구들도 엄마가 보고 싶을까 봐 배려했던 것이었다.

'헉, 아들이 나를 반갑게 맞이해 주지 않아서 서운했던 나는 뭐지? 엄마인 나보다 훨씬 더 속 깊은 아들에게 부끄럽기도 하고 고맙기도 하네.'

이렇게 바르게 자라 준 아들이 고맙고 아들을 이렇게 잘 키워준 친정엄마에게도 감사했다. 나와 둘이서만 자랐으면 이런 배려를 배울 수 있었을까? 하는 생각도 들고 역시 할아버지, 할머니와 함께 자라면서 자연스럽게 예절을 배우고 남을 생각하는 마음을 배울 수 있는 환경에 아들이 있어 준 게 다행이었다.

아들이 자연스럽게 친구들과 어울려서 사는 법을 배우고 남을 이해하고 배려하는 마음을 배우면서 자랄 수 있도록 엄마인 내가 더 아들을 믿고 지켜주어야겠다 다짐했다.

<엄마의 생각>

어느 날 갑자기 아이의 훌쩍 자란 듯한 모습을 보게 됩니다.
제일 먼저 드는 생각은 무엇인가요?
그리고 어떤 표정으로, 어떤 말을 해주고 싶나요?
(예. "얘가 어느새 이만큼 자랐지?"/ 흐뭇하게 미소를 지으며 "엄마보다 생각이 더 깊네."라고 말해 줄 것이다.)

3. 언제나 너와 함께 너의 꿈을 응원해

명품자녀의 의사소통은 질문하고 경청이 으뜸이다.

자녀에게 감동을 주는 말 8가지 비법.

정말 너를 사랑한단다. 틀려도 괜찮아! 네가 최선을 다했다면 그걸로 됐어. 넌 잘 할수 있어.

엄마가 안아줄게. 오늘 하루 즐거웠니? 먼 산과 하늘을 쳐다 봐. 감사합니다. 죄송합니다!

- 출처: 이창호 지음. 『자녀와 소통하는 부모 상위 1%를 만든다』. 해피북스 -

'학교에서 처음 해 보는 공개수업이 힘들지 않을까?'

이른 아침 눈을 뜨자마자 "엄마 나 일어났어. 학생 되고 처음 엄마들 보는 앞에서 공개수업한다고 선생님이 얘기하셨는데 너무 걱정

돼. 어떻게 할지 모르겠어."

이불 속에 누워서 잔뜩 겁먹은 얼굴로 나를 쳐다보는 아들의 얼굴을 보니 마음이 짠했다.

'낯선 것을 싫어하는 엄마인 나를 꼭 닮았구나. 그래서 불안하구나.'

닮지 않았으면 하는 내 성격을 닮아서 힘들겠다는 마음이 들어 아들에게 미안했다.

"아들 걱정하지 마. 틀려도 괜찮고, 니가 할 수 있는 만큼만 해. 그리고 엄마는 아들 믿어. 아들 잘할 수 있어."

그리고 나는 아들을 꼭 안아주었다.

"엄마 오늘 공개수업 보러 올 수 있어?"

"그럼, 당연하지. 우리 아들 학교 들어가서 처음 하는 수업인데 엄마가 당연히 가야지. 이따가 보러 갈게."

걱정 가득한 아들의 얼굴에 미소가 보였다. 사실 엄마인 나도 초등학교 1학년 학부모가 처음 되어서 긴장되고 설레기도 하는데 아들은 오죽할까 하는 생각이 들었다.

드디어 공개수업 시간 아이들의 꿈을 발표하는 시간이 있었다. 아들 차례가 되자 뒤를 힐끗 돌아보고 나와 눈을 맞춘 후 큰 소리로 발표했다. 이름을 씩씩하게 말하고 "제 꿈은 과학자입니다."라고 얘기하면서 다시 한번 뒤를 돌아보았다. 나는 아들에게 잘했다고 엄지손가락을 올려 주었다. 그러자 아들이 배시시 웃었다.

선생님께서 "과학자가 꿈이구나. 그럼 어떻게 하면 될까?"하고 물어보자 아들이 대답했다.

"곤충이나 동물들을 관찰하고 공부도 열심히 하면 될 거 같아요."

아침에 긴장했던 아들의 모습은 보이지 않고 씩씩하게 발표하는 아들을 보니 엄마인 나도 긴장했던 게 다 풀렸다. 학교에서 꿈을 발표하는 아들을 보니 7살 유치원 시절이 생각났다. 7살 유치원 수업에서 꿈이 뭐냐고 물어본 적이 있는데, 저녁에 퇴근 후 나에게"엄마, 엄마는 꿈이 뭐였어?"라고 아들이 질문했다.

"엄마는 어릴 때 선생님이 되고 싶었어. 유치원 선생님이나 초등학교 선생님. 그런데 갑자기 엄마 꿈은 왜 물어봐?"

"응, 유치원에서 오늘 꿈에 관해 이야기했는데 내 꿈이 뭔지 잘 모르겠고, 엄마 꿈이 뭔지 궁금했어. 그런데 엄마는 왜 선생님 안 됐어?"

"엄마가 어릴 때 집이 좀 가난했어. 그래서 대학 공부할 형편이 안 됐어. 삼촌들도 대학 가서 공부해야 하고, 나중에 엄마는 돈 벌어서 야간에 공부하려고 그래서 취직했어."

내 이야기가 끝나자마자 친정엄마에게 달려간 아들이 진지하게 물었다.

"할머니, 왜 우리 엄마 공부 조금만 시켜 줬어? 엄마 선생님 될 수 있게 대학 보내 주지."

아들의 말에 친정엄마도 나도 웃었다.

"엄마 말대로 그때는 집이 어려워서 삼촌들하고 니 엄마하고 다 대학 갈 형편이 안 됐어. 그래서 니 엄마가 실업계 고등학교 가서 빨리 취직한다고 하더라. 지금 같으면 니 엄마도 대학교에 보냈을 텐데……."

눈가가 촉촉해지는 친정엄마의 말에 우울 모드로 들어설 뻔했는데 아들의 그다음 말에 웃어 버렸다.

"아, 혹시 엄마가 공부 못한 거 아냐? 그래서 대학 안 가고 돈 벌러 간 거지? 아니면 공부하기 싫어했던지……."

아들의 엉뚱한 대답에 한바탕 웃었다. 그리고 친정엄마가 정정해 주셨다.

"아니야. 삼촌들보다 엄마가 공부도 더 잘했고 공부하는 것도 좋아했어. 그런데 엄마가 할머니 생각해서 돈 벌겠다고 한 거야."

아들이 다시 나에게 말했다.

"아, 엄마 공부도 잘했는데 대학 못가서 화났겠다. 선생님 못 돼서 속상하지? 그럼 내가 내일 유치원 가서 꿈이 선생님이라고 할게. 그리고 내가 엄마가 하고 싶었던 선생님 될게. 그럼 엄마도 좋지 않겠어?"

엄마의 꿈을 대신 이루어주겠다는 7살 아들의 생각에 가슴이 뭉클했다. 든든한 아들이 있어서 힘이 났다. 아들에게 웃으면서 물었다.

“아들, 엄마는 아들이 그렇게 말해주는 것만으로도 너무 고마워. 그런데 진짜 아들 꿈은 뭐야? 엄마는 그게 궁금한데?”

“엄마도 알지? 내가 곤충도 좋아하고 동물도 좋아하는 거. 나는 곤충 박사 아니 과학자 되고 싶어.”

“우와! 과학자 좋네. 그래, 네 말대로 곤충도 좋아하고 동물도 좋아하고 관찰하는 거 좋아하니까 딱 좋은데. 그런데 과학자 되면 어떤 일 해 보고 싶어?”

1초의 망설임도 없이 아들이 말했다.

“나 죽지 않는 약 만들 거야. 그래서 할아버지, 할머니, 엄마 그리고 일단 우리 가족들부터 주고 내가 오랫동안 같이 있고 싶은 사람들한테 줄 거야.”

아들의 말에 마음이 아팠다. 4살 어린 나이에 아빠와의 헤어짐을 받아들여야 했던 탓인지 아들은 유난히 가족에 대한 애착, 그리고 죽음에 대한 두려움이 있었다. 책이나 TV에서 누가 죽거나 하면 언제나 나에게 엄마는 오래오래 나랑 같이 살아야 한다고 말하는 아들이었다. 그래서 마음 한구석에 미안함이 있었는데 과학자가 되고 싶은 이유도 사랑하는 가족들과 오래오래 살기 위한 마음이라니, 엄마인 내가 그런 환경을 만들어 준 건 아닌지 괜히 나 자신이 미워졌다. 그리고 이런 상황에서도 엄마를 사랑해 주는 아들에게 고마웠다.

7살 유치원 때부터 13살 초등학교 6학년이 된 지금까지 변하지 않는 아들의 꿈!

죽지 않는 약을 개발하는 과학자가 될 수 있도록 응원하고 도와주는 엄마가 될게.

지금도 관찰하기 좋아하고 나는 징그러운 곤충도 요리조리 살펴보는 아들과 곤충박물관 체험은 1년에 한 번 이상 꼭 같이하는 엄마로, 앞으로는 더 넓은 세상에서 꿈을 이룰 수 있는 환경을 만들어 줄 수 있는 엄마로, 오늘도 최선을 다해서 살아가고 있다.

엄마의 꿈을 대신 이루어주고 싶다는 든든한 아들이 있기에 지금 글을 쓰는 순간에도 마음이 따뜻하다.

<엄마의 생각>

아들의 꿈은 과학자가 되어서 죽지 않는 약을 개발하는 거래요.
제일 먼저 드는 생각은 무엇인가요? 그리고 어떤 표정으로, 어떤 말을 해 줄 것 같나요?
(예. "어린 시절 아빠와의 헤어짐이 상처가 되었구나."/ 가능할까 의심도 되지만 미소를 지으며"가족을 사랑하는 마음 충분히 알 것 같아. 엄마도 도와줄게."라고 말해 줄 것이다.)

____

____

____

4. 엄마와 아들의 자신감 키우기

아이의 실수를 인정하는 것은 아이가 좌절을 딛고 성공으로 나아가게 하는 중요한 요소다. 경청은 아이가 스스로 존중과 관심을 받고 있다고 느끼게 해서 자신의 능력을 더 적극적으로 인식하게 한다. 칭찬은 자신감의 근원으로, 부모는 아이에 대한 자신감을 칭찬으로 표현하며 아이가 스스로 자신감을 갖게 해야 한다.

- 출처: 칼 비테 지음. 『칼 비테의 자녀 교육법』. 베이직북스 -

"엄마, 우리 둘이서 제주도 여행 가면 안 돼?"

주말 아침, 아들이 뜬금없이 물었다. 아들이 왜 그런 생각을 했을까 궁금했다.

"안 될 건 없지. 그런데 갑자기 왜 그런 생각이 들었어?"

"그냥."

아들의 쿨한 대답에 나는 또 궁금했다. 할머니가 없으면 큰일 나는 줄 아는 아들이었기 때문에.

"할머니 없이 우리 둘이 가서 자고 오는 거 맞아? 괜찮겠어?"

나는 눈을 조금 크게 뜨며 다시 물어보았다. 아들은 특별한 이유를 말하지 않은 채 엄마랑 둘이서만 제주도에 가고 싶다고 했다. 그렇게 9살 아들과 나는 추석 연휴에 제주도로 3박 4일 여행을 떠났다.

단둘이서 제주도에 오기까지 아들보다 내가 더 걱정했다.

'낯선 곳에서 할머니 없다고 밤에 안 자고 보채면 어떻게 하지? 구경하다가 힘들다고 짜증 부리면 어떻게 하지?'

별별 생각을 하면서 도착한 제주도에서의 첫날, 나의 걱정은 쓸모가 없었음을 알기까지 얼마의 시간이 걸리지 않았다.

차를 렌트하지 않았다. 낯선 곳에서 운전에 집중하느라 아들과 대화할 수 없을 것 같아서 택시 관광을 하기로 했다. 나의 선택은 아주 탁월했다. 제주토박이 친절한 택시기사님 덕분에 관광지에 대한 설명도 마음껏 듣고, 주위 풍경도 아들과 편안하게 바라보면서 행복한 제주여행을 할 수 있었다. 평소에도 아들과 대화를 많이 나누면서 잘 들어주는 편이었지만, 이렇게 둘이 제주도라는 낯선 곳에 오니 훨씬 더 많은 이야기를 하게 되었다.

모든 관광 일정은 아들에게 맡겼다. 오기 전부터 제주도의 명소를 찾고, 먹고 싶은 곳을 검색하고, 해 보고 싶은 일을 미리 계획해 보라고 했다. 아들이 원하는 대로 하게 해 주었더니 처음에는 힘들어하더니 어느새 자신감을 가지고 이것저것 계획을 짜는 모습이 대견했다. 여행을 하면서 아들이 계획한 것에 칭찬하면서 신나게 즐겼다.

아들은 평소에 조용한 성격이고, 겁이 많아 새로운 것에 도전을 잘 하지 않았다. 그런데 엄마와 둘이서 여행 온 제주도에서 갑자기 비가 오니 키즈카페에 가자고 먼저 제안도 하고, 키즈카페 가서는 낯선 곳에서 온 아이들에게 먼저 다가가 친구가 되어 웃고 뛰어놀았다. 아들에게 모든 선택권을 주었던 것이 잘한 선택이었다는 생각이 들었다. 여행 도중 아들이 검색해 둔 맛집을 찾아가서 해물탕을 먹었는데, 내가 눈을 감고 요리해도 이보다는 맛있겠다 싶었다. 아들도 맛이 없었는지 "엄마, 내가 실수했어. 다른 사람들 얘기만 너무 믿었나 봐. 진짜 맛없네. 어떻게 하지? 엄마 돈만 날렸네."라고 말했다. 나는, 미소와 함께 대답했다.

"아들, 아니야. 니가 실수한 게 아니라 글 올린 사람들하고 우리 입맛이 다른 거야. 엄마랑 너는 이런 맛을 안 좋아해서 그런 거지. 그래도 엄마는 조개는 맛있었어. 아들 스스로 이런 곳을 찾아 준 게 엄마는 고마운 걸."

아들의 표정이 조금씩 밝아지더니 행복의 끝을 보여주는 미소를 지었다.

숙소에서 잠들기 전, “엄마, 내가 남자니까 엄마 지켜줄게. 문단속 한 번 더 하고 엄마 먼저 자.”라고 말하는 아들 덕분에 한참을 웃었다.

“진짜? 엄마 먼저 잘까?”라고 말하자, 아들은 “아니. 같이 자면 안 돼?”라며 말을 바꾸었다. 그랬다. 아들도 자신 있게 말은 했지만, 속으로는 겁이 났던 거다. 우리는 둘이서 꼭 껴안고 편안하게 잠을 잤다.

3박 4일 아들의 계획대로 신나게 여행을 하고 돌아오는 길, 공항에서 비행기를 타기 전 화장실을 다녀오기로 했다. 따로 화장실을 가야 하는 상황에서 원래 짐도 많은데 부모님 선물도 사다 보니 짐이 만만찮았다. 모든 짐을 가지고 화장실을 갈 수 없어서 아들부터 다녀오라고 했다. 그리고 교대해서 아들이 짐을 지키는 동안 화장실에 갔다 돌아오는데 아들은 어깨에 힘을 주고 말했다. “엄마, 나 없으면 어떻게 할 뻔했어? 이 짐들 누구한테 맡기고 화장실에 갈 거야? 도둑맞을 수도 있고 말이야. 엄마, 내가 있어서 든든하지?”

순간, 아들이 다 컸구나 싶었다. 그리고 이렇게 엄마의 든든한 보디가드가 되어 줄 만큼 건강하게 잘 자라고 있는 아들에게 감사했다.

둘만의 제주도 여행에서 나는, 새로운 도전에 대한 두려움을 조금

극복할 수 있었다. 아들도 스스로 계획한 첫 여행에서 행복과 자신감을 얻을 수 있었던 소중한 시간이었다. 누구에게도 방해받지 않는 엄마와 아들만의 시간이었기에 더욱 소중한 추억으로 기억되는 3박 4일의 여행이었다.

돌아오는 비행기 안에서 내 손을 꼭 잡고 잠든 아들의 얼굴을 바라볼 수 있는 나는 행복한 엄마이다.

아들에게 자신감을 그리고 낯선 곳에 관한 경험을 할 수 있도록 시간을 만들어 줄 수 있는 내가 참 좋다. 그리고 엄마의 손을 꼭 잡고 함께 해 주는 아들이 있어서 참 좋다. 아들을 믿어주고 격려해주는 엄마, 엄마를 믿고 따라주는 아들. 우리는 참 괜찮은 모자지간이다.

<엄마의 생각>

어느 날 갑자기 아이가 제안을 합니다. 먼 곳으로 단둘이서만 떠나 보자고요.
제일 먼저 드는 생각은 무엇인가요?
그리고 어떤 표정으로, 어떤 말을 해주고 싶나요?
(예. "얘가 갑자기 왜 이럴까?" / 대답하기 귀찮지만, 미소를 지으며 "여행 가고 싶어? 왜?"라고 물어볼 것이다.)

5. 디딤돌 엄마와 날갯짓 하는 아들

지혜로운 엄마는 재능은 없지만 하려는 의지가 있으면 방향을 잘 정해 주고, 재능도 없고 하려는 의지도 없으면 적극적인 엄마가 돼야 하고, 재능은 있지만 하려는 의지가 없으면 함께 해 주는 엄마가 돼야 하고 재능도 있고 하려는 의지도 있는 아이에겐 조용히 후원해 주는 엄마가 필요하다.

- 출처: 원종배 지음. 『자신의 생각을 잘 표현하는 아이로 키워라』. 아이북 -

차들도 많아지고 황사도 심해지면서 아이들이 밖에서 마음 놓고 뛰어놀 공간이 없었기 때문에 아들이 초등학생이 된 이후에는 반 모임을 할 때 주로 키즈카페나 블록방을 다녔다. 엄마들과 함께 모여서 밥을 먹고 아이들에게 두 시간 자유를 주기 위해 이용하던 공간이었다. 그 시간 동안 엄마들도 커피를 마시고 서로의 얘기들을 하면서 시간을 보냈다.

어느 날 블록방에서 놀다가 밖으로 나온 아들의 친구들이 말했다.

"아줌마, 이상해요. 얘는 블록 만드는데 책에 나오는 대로 안 만들고 마음대로 만들어요. 책에 있는 대로 못 만드는 거 보니까 바보 같아요."

친구들의 말에 울고 있는 아들의 모습이 보였다. 친구 엄마들은 각자의 아이들을 혼내기 시작했다. 친구한테 그런 말 하는 거 아니니 얼른 사과하라고. 우는 아들의 모습을 보는 순간 속상하고 화가 나기도 했지만, 아들의 친구들에게 말했다.

"그랬구나. 너희는 책 보고 그대로 만드는데 그렇게 못 만드는 친구를 보니까 바보 같아 보였구나. 그럴 수도 있지. 그런데 아줌마 생각은 좀 달라. 책 보고 만드는 건 누구나 할 수 있지만 자기가 만들고 싶은 대로 만드는 것도 좋은 방법 같아. 너희도 다음에는 그렇게 한번 해 볼래?"

고슴도치 엄마인지라 최대한 아들 입장에서 내 생각을 말했다. 친구 엄마들이 창의성이 높은 사람들은 그렇게 하는 거라고 한 마디씩 거들어 주었다. 그러나 아들은 여전히 풀이 죽어 있었다.

집으로 돌아오는 차 안에서 "엄마, 진짜 블록 만들 때 책에 있는 그대로 못 만들면 바보인 거야? 왜 꼭 그렇게만 만들어야 해? 엄마 아까 우리 친구들한테 내가 만들고 싶은 대로 만드는 것도 좋은 방법이라고 했는데 그거 엄마 진심이야?"하고 물었다. 아들은 친구들 앞에서 내가 일부러 편을 들어주는 거라는 생각이 들었나 보다.

"당연하지. 진심이야. 엄마는 꼭 책에 있는 그대로 만드는 게 정답은 아니라고 생각해. 책에 있는 건 언제든지 만들 수 있잖아. 그런데 니가 생각해서 만드는 건 다른 누구도 못 하는 거잖아. 너만 할 수 있는 거야. 그러니까 엄마가 생각할 때 너는 바보가 아니라 오히려 과학자가 되기 위한 준비를 잘하고 있다고 믿어."

내 말을 들으면서 다시 밝아진 아들을 보면서 다시 한번 생각했다. 엄마인 내가 어떻게 아들을 믿고 응원해 주어야 하는지, 아들이 가진 재능을 어떻게 잘 도와줘야 하는지 말이다. 엄마인 내가 객관적으로 아들을 바라볼 수 있어야 하는데, 그것이 나와 아들이 성장하는 일인데 쉽지는 않다. 엄마라면 누구나 자기 자식이 최고이고 그 자식을 위해서라면 무엇이든 할 수 있는 사람이 아닐까?

솔직히 말하면 나는 아들에게 아빠의 빈자리를 만들어 주었다는 생각에 늘 미안한 엄마였다. 그래서 누구보다 아들이 원하는 것은 다 해 주고 싶었고, 아들이 스스로 할 수 있는 일도 내가 먼저 나서서 해 주는 그런 엄마였다. 그게 사랑인 줄 알았고, 아들에게 해 줄 수 있는 최선이라고 생각했다.

이런 내가 학부모가 되면서 조금씩 달라지기 시작했다. 집착하는 엄마가 아니라, 아들이 스스로 생각하고 결정할 수 있도록 도와줄 수 있는 엄마, 그리고 아들이 하고 싶은 일을 할 수 있는 자유를 주는 엄마가 지혜로운 엄마라고 책을 통해 보고 주위 사람들의 경험을 통해 들으면서 아들의 행동 하나하나를 더 관찰할 수 있는 엄마가 되기 시작했다.

과학자가 꿈인 아들이 곤충을 좋아하기에 곤충박람회를 함께 찾아다니고, 동물원을 가고, 블록방에서 창의성을 발휘하는 아들을 칭찬해 주고, 그렇게 만든 블록으로 둘이서 같이 놀이도 할 줄 아는 디딤돌 엄마가 되기 위해 나는 매일 아들과 대화를 한다. 아들이 어떤 일을 하고 싶어 하면 언제나 도와줄 수 있는 엄마가 있다는 사실을 항상 얘기해 준다. 덕분에 아들은 엄마인 나에게 자기 이야기를 많이 하고 자기가 해 보고 싶은 일들을 편하게 이야기한다.

"엄마, 오늘은 우리 블록방 가서 곤충 놀이하는 거 어때?"

주말 아침 아들이 얘기한다. 오늘은 아들이 곤충 놀이를 하러 블록방에 가고 싶은가보다.

"그래. 그러자. 오늘은 어떤 곤충을 만들지 궁금하네."

나는 사실 곤충이 징그러워서 싫은데 아들은 전혀 그렇지가 않았다. 다행히 블록방은 살아 움직이는 곤충이 아니니까 놀아줄 수 있었다. 블록을 받아 든 아들이 제일 먼저 하는 건 책을 옆으로 치워 두는 일이다. 오늘도 아들은 본인만의 세계에 빠져들어 여러 곤충의 특징을 살려서 만들어 내기 시작했다.

'역시 우리 아들은 과학자가 되고 싶은 꿈을 잘 키워나가고 있네. 남들이 보기엔 이상해 보일지 모르지만 내가 보기엔 창의적인 게 좋기만 하네.'

속으로 이런 생각을 하면서 역시 나는 아들 바라기임을 인정한다. 아들만이 만들 수 있는 개성 있는 곤충들이 책상 앞에 놓여 있고 그것들을 보면서"엄마, 나 잘 만들었지? 이걸로 오늘은 엄마한테 내가 곤충의 특징에 대해 알려 줄게."

곤충에 대해 어디서 들었는지 모르겠지만, 아들은 막힘이 없었다.

"이런 거 다 어디서 배웠어?"

"책에서도 봤고 유튜브에서도 봤어. 난 이런 게 재미있어."

얼마나 많이 보고 들었길래 이걸 이렇게 외우나 싶어서 물어보니 아들의 대답이 대박이었다.

"한번 만에 외운 것도 있고 몇 번 들은 것도 있어. 엄마가 예전에 얘기해 줬잖아. 좋아하는 일 하면 잘 안 잊어버린다고, 나도 곤충을 좋아하니까 한번 들어도 특징이 외워지더라고."

아들이 어릴 때 집중력과 기억력이 뛰어나다는 검사 결과를 받은 적이 있었다는 것이 기억났다.

"아들아, 네가 가진 재능을 꽃피울 수 있도록 엄마가 도와줄게. 네가 하고 싶은 일을 할 수 있도록 디딤돌이 되어 줄게. 그 디딤돌 딛고 너는 날개를 활짝 펴고 날아보렴!!"

<엄마의 생각>

아이가 블록방에서 책에 없는 것들을 만들어 냅니다. 그런 아이를 보면서 친구들이 바보라고 놀립니다. 내 아이가 바보라고 놀림당할 때 제일 먼저 드는 생각은 무엇인가요?

그리고 어떤 표정으로, 어떤 말을 해주고 싶나요?

(예. "왜 책 보고 만들지 않지?"/ 당황스럽지만 미소를 지으며 "이거 어떤 마음으로 만들었어?"라고 물어볼 것이다.)

6. 불변의 법칙

아이 때문에 화가 날 때는 '일단 멈춤'하라.

절대로 손대지 말고, "엄마가 지금 몹시 화가 나고 어찌해야 좋을지 몰라서 잠깐 나갔다 올게."

마음을 진정시킨 후 자신의 문제와 아이의 문제를 혼동하지 않는다.

- 출처: 노경선 지음. 『아이를 잘 키운다는 것』. 위즈덤하우스 -

'오늘은 또 할머니와 얼마나 싸웠을까? 휴대폰은 얼마나 했을까?'

코로나19라는 생각하지도 못한 전염병이 생기면서 아들에게는 휴대폰이 생겼다. 그전까지 연락 가능한 키즈폰만 가지고 있던 아들에게 코로나로 인해 학교를 못 가고 원격 수업을 하다 보니 휴대폰이 필수품이 되어 버렸다. 줌으로 원격 수업을 하고 사이트에서 온라인 수업을 하다 보니 할머니 휴대폰을 빌려서 하기에는 할머니도 아들도 너무 불편했다. 그래서 휴대폰을 처음 갖게 된 아들은 공부하는 시간 이외에는 휴대폰과 한 몸이 되었다.

'늦게 배운 도둑질이 날 새는 줄 모른다'는 속담처럼 휴대폰을 늦게 가지게 된 아들은 친구들과 카톡을 하고 게임을 함께 하기 시작하면서 정신없이 빠져들었다. 아침 출근 전에 "아들, 오늘은 휴대폰으로 게임은 조금만 하고 원격 수업 잘하고, 숙제도 스스로 할 수 있는 건 다 해 둬. 엄마 도움이 필요한 건 엄마가 와서 도와줄게."하고 말하면 아들은 씩씩하게 알겠다고 대답을 했다.

하루 이틀 계속되는 원격 수업에 시간이 많아진 아들은 나와의 약속은 잊어버리고 정말 미친 듯이 휴대폰을 해 대기 시작했다. 수업도 듣는 둥 마는 둥, 밥도 대충 먹고 휴대폰 하느라 정신이 없었다. 이런 아들의 모습에 할머니는 화도 내 보고 잔소리도 해 보고 달래기도 했지만, 도저히 안 되는지 퇴근하는 나에게 야단을 쳤다.

"휴대폰 갖다 버려. 공부 못해도 괜찮으니까 저러다 니 새끼 바보 되겠다."

퇴근 후 문을 여는 순간 시작되는 친정엄마의 반복되는 이야기에 나도 모르게 짜증이 나기 시작했다. 휴대폰을 통제 못 하는 건 분명히 아들이 잘못하는 건데, 그리고 그것을 통제하도록 도와주지 못한 내가 잘못한 거 맞는데, 매일 반복되는 친정엄마의 잔소리를 듣고 있으니 나도 슬슬 짜증이 났다. 그리고 이렇게 답답하고 짜증나는 내 마음을 주체하지 못하고, 아들에게 기분 나쁜 말들을 하기 시작했다.

"너 오늘 할 일 다 했어? 수업 다 듣고 숙제는 했어? 도대체 너 해 놓은 게 뭐야? 하루 종일 휴대폰 들고 게임만 하면 어쩌자는 거야? 엄마가 그러라고 너 휴대폰 사 줬어? 이럴 거면 휴대폰 다시 갖다 주고 원격 수업 하지 마."

퇴근하고 들어오자마자 싸우는 할머니와 아들을 보니 내 마음에 욱하고 짜증이 밀려들면서 아들에게 다짜고짜 소리를 지르고 잔소리를 하게 되었다.

"알았어. 이제 그만 하면 되잖아. 엄마도 할머니도 짜증 나. 좀 놀 수도 있지."

방으로 들어가 문을 잠그는 아들의 행동에 놀랐다. 그동안 한 번도 없었던 일이었다. 순간 정신이 번쩍 들었다.

'지금 내가 뭐 하는 거지? 내가 짜증난다고 그걸 아이한테 그대로 다 하는 게 말이 돼? 너 정신 차려. 지금까지 아들을 잘 이해하고 서로 잘 지내 왔잖아. 정신 바짝 차려.'

스스로에게 얘기하면서 아들을 달래서 숙제를 하고 하루를 마무리했다.

휴대폰 문제로 계속 싸우고 달래고 협박하고 그렇게 한 달이 지났을 때 도저히 이 상태로는 안 될 것 같았다. 모든 게 답답하고 힘이 들었다. 아들이 아무것도 하지 않은 채 휴대폰만 들고 있는 모습이 눈에 띄면 나 자신을 주체할 수가 없었다.

"엄마가 지금 너무 화가 나서 너랑 더 이상 얘기를 할 수 없을 거 같아. 진짜 너를 때릴 수도 있을 거 같은 마음이 들어. 그래서 엄마 마음 좀 진정시키고 들어올게."

아들에게 말하고 무작정 운전대를 잡은 채 집을 나왔다. 그런데 갈 곳이 없었다. 아들이 태어난 이후 정말 아들에게 집중하기 위해서 회사 일 이외에는 친구들도 만나지 않았다. 다른 취미 생활도 하지 않았다.

'아, 내가 정말 아들만 바라보고 살았구나. 지금 이 순간 내가 갈 곳이 없구나. 아니 이런 내 모습을 남들에게 보이고 싶지 않구나. 아들도 이런 엄마 때문에 답답했겠구나.'

나 자신에게 미안하고 속상하고 아들에게 미안한 마음에 눈물이 흘렀다. 강물이 보이는 곳에 차를 세우고 그렇게 소리 내어 울고 또 울었다.

"엄마, 어디야? 내가 잘못했어. 얼른 들어 와."

아들에게서 문자가 왔다. 문자 한 통에 나의 모든 감정은 다 사라지고 어느새 집을 향해 가고 있었다.

아들과 단둘이서 익숙한 집이 아닌 다른 곳에서 대화를 해 보자고 마음먹고 산이 가까운 호텔로 향했다. 그곳에서 우리는 다시 예전처럼 서로 이해하고 대화하는 엄마와 아들로 돌아가서 진지하게 서로의 마음을 이야기했다.

"아들, 요즘 제일 좋은 게 뭐야?"

"당연히 게임 하는 거지."

"그럼 아들, 요즘 제일 힘든 건 뭐야?"

"엄마와 할머니가 자꾸 혼내는 거. 그리고 원격 수업하니까 사실 공부도 너무 어려워."

"자꾸 혼내는 엄마가 밉지?"

"어. 엄마가 소리 지르고 잔소리하고 화내니까 미워."

"너한테 그렇게 화내고 혼내는 엄마 마음은 어떤 거 같아?"

"엄마도 별로 안 좋겠지. 엄마, 나 사랑하잖아."

둘이서 대화를 주고받다 알게 되었다. 아들의 말처럼 나는 아들을 사랑하고, 아들도 나를 사랑한다는 사실은 똑같은데, 단지 상황 하나에 모든 것을 집중해서 서로 이렇게 상처를 주고 있다는 것을.

"니 말이 맞아. 엄마는 언제나 너를 사랑해. 그런데 요즘 엄마가 휴대폰만 하는 너에게 많이 속상했나 봐. 약속도 안 지키고 할 일도 안 하는 너에게 화가 났나 봐. 왜 그랬는지 먼저 물어보고 네 마음을 이해해야 했는데 엄마 혼자 생각해서 엄마 말만 했네. 미안해. 엄마도 다시 네 마음에 상처가 나지 않도록 노력할게. 너도 노력 좀 해 줄 수 있어?"

"이렇게 조용하게 말하니까 이제 진짜 엄마 같네. 엄마 나 그동안 엄마가 큰 소리 낼 때 진짜 무서웠어. 그런데 게임이 너무 재미있어서 나도 엄마랑 약속 지키고 싶었는데 잘 안 됐어. 그리고 엄마가 내 이야기 들어주지 않고 자꾸 혼내기만 하니까 일부러 더 그랬던 것 같아. 나도 미안해. 이제 엄마 말처럼 휴대폰 게임 하는 시간도 조금씩 줄여볼게. 그런데 내가 잘 통제 못 할 때는 엄마가 큰소리로 혼내지 말고 지금처럼 조용하게 말해주면 좋겠어."

아들이 말했다.

"그랬구나. 아들 엄마도 사과할게. 엄마가 회사에서 힘들게 일하고 오는 날은 짜증이 더 많이 났던 거 사실이야. 엄마 기분에 따라서 너 혼내는 건 하지 않을게. 미안해."

아들의 말을 들으면서 나의 문제와 아들의 문제가 분명히 다르다는 것을 알게 되었고 내 기분에 따라서 아들에게 함부로 대했던 시간이 후회되고 미안했다. 어른이라는 이유로 아들의 기분을 생각해주지 않고, 상황이 어떤지 물어보지도 않고 모든 것을 내 기준에서 바라보고 판단해 버린 시간 속에서, 단 한 번도 보지 못한 엄마의 모습을 보면서 아들은 또 얼마나 속상하고 겁이 났을까? 언제나 네 편이 되어주겠다고 하던 엄마가 이렇게 갈팡질팡하니 아들도 얼마나 혼란스러웠을까? 초보 엄마인 나는 오늘도 이렇게 하나를 배우고 알아간다. 그리고 또다시 힘을 내서 어떤 상황에서도 아들을 지켜주는 울타리를 만들고 그 울타리 속에 뿌리가 든든한 엄마 나무가 되고자 힘을 낸다.

<엄마의 생각>

엄마와 한 약속을 아이가 자꾸 잊어버립니다. 엄마는 자꾸 지쳐갑니다.
이런 상황에 제일 먼저 드는 생각은 무엇인가요? 그리고 아이에게 어떤 표정으로, 어떤 말을 해주고 싶나요?
(예. "왜 약속을 지키지 않는 거야?" / 화가 나지만 침착하게 "내일은 약속 지킬 수 있겠어?"라고 물어볼 것이다.)

7. 너는 뭐든지 다 할 수 있어

너는 무엇이든 할 수 있는 사람이란다. 시작은 두렵다는 생각을 기쁨으로 바꿔줘야 한다.

한 시간에는 일 분이, 육십 초가 있다. 하루에는 천이 넘게 있다. 잊지 말아라.

너는 무엇이든 할 수 있는 사람이라는 사실을.

- 출처: 김종원 지음. 『아이를 위한 하루 한 줄 인문학』. 청림출판 -

'오늘은 기분 좋게 태권도 학원에 다녀왔을까?'

친구들과 뛰어 놀고 큰 소리로 얘기하고 웃으면서 활발하게 자라기를 바라는 나의 마음과는 다르게 아들은 조용한 성격이었다. 엄마와 아빠 모두 활발한 성격은 아니었기에 어쩌면 당연한 결과이지만,

그런 나의 성격을 닮지 않기를 바랬기에 아들을 조금 더 적극적이고 밝게 키우고 싶었다.

성격 탓인지 아들은 낯선 환경에 적응하는 것을 어려워했고, 몸으로 하는 운동들을 싫어했다. 반면 무엇인가를 가지고 놀거나, 책을 읽을 때는 놀라운 집중력을 발휘했다. 초등학교 입학 전 특별히 글쓰기나 숫자를 가르치지 않아도, 학교 수업을 잘하는 편이었다. 그래서 아들에게 그 부분은 늘 고마웠다. 그런데 나는 사실 공부보다 성격이 좀 더 활발하고 남자답게 자라주길 기대했다.

"아들, 엄마는 아들이 좀 더 뛰어 놀고 활발해지면 좋겠어. 그래서 태권도를 배우면 좋겠는데 어때?"

"나는 가기 싫은데 엄마가 말하니까 일단 한번 가볼게."

아들의 마음이 변할까 봐 얼른 태권도 학원에 가서 한 시간 동안 체험했다. 지켜보는 나는 재미있어 보였다. 운동 위주가 아니라 놀이 위주였기 때문에 분명히 아들도 재미있어할 거라는 기대를 하고 집으로 돌아왔는데, 차 안에서 아들이 건넨 첫 마디는 내가 전혀 상상하지 못한 말이었다.

"엄마, 나 태권도 안 다닐래. 하기 싫어. 벌써 학원 등록한 거야? 혹시 돈 못 돌려받으면 싫어도 가고 아니면 나 태권도 안 다닐래."

평소와 다른 단호한 아들의 말에 나는 조금 놀랐다.

"아들, 태권도는 시작도 안 했는데 왜 그러는 거야? 그리고 만약에 엄마가 돈 줬으면 간다는 말은 무슨 뜻이야?"

"엄마가 힘들게 번 돈이니까 내가 가기 싫다고 돈을 버릴 수는 없잖아. 그건 엄마한테 미안하고 돈도 아깝고 그러니까 한 달은 가주겠다는 말이야."

'이건 또 뭔 소리인가? 이제 겨우 7살인데 벌써 돈 벌기 힘들고 돈이 아깝다는 것을 안다고? 내가 돈 버는 거 힘들다고 말했었나?'

혼자 아무리 생각해 봐도 그런 적은 없었는데 생각 깊은 아들이 대견하기도 하고 아이답게 자라지 못하는 게 꼭 내가 그렇게 만든 거 같아서 미안했다. 아들에게 웃으면서 돈 생각은 하지 말고 태권도 학원 다니고 싶을 때 얘기해 달라고 했다. 그렇게 7살 아들을 태권도 학원에 보내기 위한 나의 노력은 물거품이 되었다. 그런데 아들이 초등학교 2학년이 되자 태권도 학원에 다니겠다고 말했다.

"엄마, 나 이제 태권도 학원 가 볼까? 친구들 많이 가던데 재미있어 보여."

"그래. 내일 당장 알아보자. 엄마 퇴근하고 같이 가 보자."

아들의 마음이 변할까 봐 친구들이 많이 다닌다는 태권도 학원에 바로 전화를 해서 다음날 퇴근 후 기다려 달라고 부탁을 했다.

아들과 함께 태권도 학원을 가는데 이상하게 내가 기대되었다. 아들에게 남자다움을 만들어 주고 싶었던 마음이 커서 그랬던 것 같다. 태권도 학원에서 관장님을 만나고, 학교 친구들을 보고 온 아들은 태권도 학원을 가겠다고 했다. 그렇게 내가 원하던 일이 이루어졌다. 나는 관장님과 상담하면서 아들이 친구들과 어울리면서 새로운 세상과 부딪혀 가는데 적응할 수 있으면 좋겠다고 부탁했다. 아들에게 태권도 띠를 빨리 따야 한다거나 하는 부담은 안 주면 좋겠다고 했다. 안 그래도 운동에 별 취미가 없는데 너무 강하게 교육하면 아들이 싫어할 거라는 판단이 들었고 아들도 원했던 일이었다. 아들에게는 태권도 띠에 상관없이 뛰어 놀 수 있는 공간이 필요했다. 다행히 태권도를 배우면서, 친구들과 즐겁게 잘 지냈다. 그런데 문제가 생겼다. 관장님이 다른 일을 하면서 사범님이 새로 오게 되었는데 아들과 코드가 맞지 않았다. 분명히 관장님께 나와 아들이 원하는 방향을 안내받았다고 했는데 사범님은 늘 아들에게 태권도 띠에 대한 부담을 주었고 강제로 운동을 시켰다.

어느 날 태권도 학원에서 돌아온 아들은 나에게 울면서 말했다.

"엄마, 나는 운동에 소질이 없나 봐. 사범님이 나한테 이렇게 오랫동안 태권도 학원을 다니고 왜 이것밖에 못 하냐고. 공부만 잘하는 게 전부는 아니야 하고 혼냈어. 그것도 친구들 앞에서 혼났다고. 너무 짜증나서 나 태권도 그만 다닐래."

안 그래도 마음이 여려서 상처를 잘 받고 그 상처를 오랫동안 기억하는 아들이기에 사범님의 그 말이 가슴에 꽂혀 버린 것이었다. 순간적으로 화가 났고 전화를 해서 한 마디하고 싶었지만, 아들의 말만 듣고 그럴 상황은 아니라고 판단해서 먼저 카톡을 보냈다. 엄마의 마음을 충분히 표현해서 보낸 카톡에 대한 사범님의 답변은 본인도 태권도 학원에서 월급을 받는 입장인데 부모님들이 힘들게 돈 벌어서 학원을 보내 주는데 이렇게 대충해서는 안 된다는 생각이 들었다고 했다. 사범님의 입장도 이해가 되었지만, 엄마인 내가 원하는 방향을 분명히 전달했음에도 무시하는 태도가 싫었다. 게다가 아들이 공부 잘한다고 말한 적도 없는데 아들의 마음에 상처를 준 게 싫었다. 당장 태권도를 그만두게 하고 싶었지만 힘든 일이 생길 때마다 아들이 포기하게 될까 봐 며칠만 더 다녀 보자고 했다. 그렇게 며칠 뒤 아들은 태권도 학원에서 다쳐서 돌아왔다. 왜 그러냐고 물었지만 그냥 넘어졌다고 했다. 넘어진 상처가 아니라는 것을 나는 직감적으로 알았다. 아들에게 계속 다그치면 더 힘들어 할 것 같아서 사범님에게 다시 카톡을 했다. 그런데 사범님은 모르는 일이라고 했다. 어쩔 수 없이 태권도 학원을 다니는 친구에게 전화해서 상황을 들었다.

누가 아들을 때렸는데 사범님이 집에 가서 이야기하지 말라고 시켰다는 것이다. 순간 이성을 잃어버린 나는 관장님께 전화했다. 관장님을 믿고 아들을 학원에 보냈는데 그동안의 일들을 얘기하며 그만두겠다고 했다. 그렇게 태권도 학원을 그만두게 된 아들은 자기는 운동은 전혀 못 하는 아이라고 생각을 하게 되었다. 괜한 나의 욕심으로 아들에게 이런 좌절감을 맛보게 한 건 아닌지 뒤늦은 후회가 되었다.

아들이 운동에 대해 두려워하지 않도록 잘할 수 있다는 것을 알려 주기 위해 여기저기 수소문해서 아들에게 용기를 줄 수 있는 선생님이 있다는 문화센터를 찾아서 음악 줄넘기를 하도록 했다.

음악 줄넘기를 하면서 아들은 즐거워하고 잘 따라 했다. 덕분에 학교에서 하는 줄넘기 급수에도 신나게 참여했고 성적도 좋았다. 그리고 주말이면 키즈카페에 가서 아들과 함께 배드민턴을 쳤다. 처음에는 한 개, 그다음 주에는 두 개, 조금씩 늘어가는 아들의 배드민턴 실력만큼 자존심도 회복되어 가고 있었다. 집 앞에서 줄넘기 대결도 하고 거실에서 훌라후프 대결도 하면서 아들과 온몸으로 함께 해 주는 엄마가 되었다. 태권도 학원에 가는 것보다 훨씬 더 좋아하고 즐기면서 운동하는 아들의 모습을 보았다.

"엄마랑 줄넘기 같이하니까 신나. 그런데 엄마는 나보다 나이가 많아서 줄넘기는 잘못하네. 대신에 훌라후프는 엄마가 훨씬 더 잘하네. 내가 더 연습해서 훌라후프도 엄마 이길 거야. 엄마 차 타고 문화센터 가는 것도 좋고, 키즈카페에서 나랑 같이 배드민턴 해 주는 것도 좋아. 엄마 고마워. 나 이제 운동도 잘하는 거 맞지?"

"당연하지. 넌 뭐든지 다 할 수 있어. 운동도 할 수 있고, 공부도 할 수 있고, 과학자도 될 수 있고, 이 세상에 못 할 게 뭐가 있어. 너는 지금 이대로 충분해. 그리고 언제 어디서든 엄마가 널 지키고 도와줄게. 그러니 아무 걱정 하지 말고 뭐든지 다 해봐. 알겠지?"

"응. 나 엄마 아들이야. 할머니가 늘 그랬어. 엄마는 뭐든지 열심히 하고 잘한다고, 나도 엄마 닮아서 뭐든지 잘할 거라고 하셨거든. 엄마 걱정하지 마. 나 이제 건강해야 하니까 운동도 열심히 할게. 그리고 공부도 열심히 해서 꼭 과학자 돼서 엄마랑 할아버지, 할머니 우리 가족들 오래오래 살자. 엄마 내가 죽지 않는 약 만들 때까지 아프지 마"

아들의 씩씩한 목소리에 나도 덩달아 기분이 좋아졌다.

태권도 학원 일로 절대 엄마인 내 욕심을 채우기 위해 아들에게 무엇을 강요하는 엄마가 되어서는 안 된다는 것을 깨달았다. 그리고 아들이 얼마나 나를 사랑하는지, 엄마인 내가 힘들까 봐 걱정하는지도 알게 되었다. 아들, 엄마는 너만 건강하게 자라주면 뭐든지 다 할 수 있어. 그러니까 우리 지금처럼 서로 믿고 응원하면서 잘살아보자. 네가 엄마 아들이라서 너무 좋아. 엄마가 살면서 가장 잘한 일이 있다면 너를 만났다는 거야. 사랑해 아들!!

<엄마의 생각>

아들은 씩씩해야 한다는 고정관념에 갇힌 엄마가 억지로 운동을 강요합니다. 이런 엄마에게 아들은 어떤 말을 할까요?
(예. "나 하기 싫은데 꼭 해야 해?" / "엄마의 마음은 알지만 내가 하고 싶을 때 말할게."라고 말할 것이다.)

8. 엄마 나무가 있잖아

마음껏 경험하고 인정을 받아라.

인정을 해 주는 주체는 크게 둘이야. 타인 그리고 나 자신!

타인에게 인정받고 나 자신에게 인정받을 때'나는 잘 살고 있다'고 느낀단다.

- 출처: 윤태진 지음. 『아들아, 삶에 지치고 힘들 때 이 글을 읽어라』. 다연 -

'첫 시험, 힘들지 않았을까?'

평소보다 일찍 일어난 아들은 "엄마, 나 일어났어. 오늘 초등학교 들어가서 처음 보는 시험인데 나 잘할 수 있을까? 너무 걱정되고 불안해."

'이 느낌 뭐지? 어릴 때부터 나는 아들에게 공부 잘하라고 강요한

적도 없는데.'

속으로 생각하면서 불안한 얼굴로 서 있는 아들을 꼭 안아주며 말했다.

"아들, 괜찮아. 성적에 너무 신경 쓰지 마. 엄마는 아들이 건강하고 학교에서 친구들과 즐겁게 지내는 게 더 좋아. 시험 부담 갖지 말고 아는 대로 편안하게 보면 돼. 할 수 있지?"

"나 진짜 시험 못 봐도 괜찮아? 다른 친구들은 엄마가 시험 못 보면 혼낸다고 했다는데, 그리고 친구들 얘기 들어보니까 친구들은 어릴 때부터 학원도 가고 학습지도 풀고 공부 많이 했다는데 나는 유치원만 다니고 아무것도 안 해서 걱정돼."

아들의 말을 듣고 나니 문득, 초등학교 입학하고 담임선생님과의 첫 상담 때가 생각났다. 선생님은 나에게 아들이 어디까지 공부하고 학교에 입학했는지 물었다. 아들을 키워주신 친정엄마는 학교에 들어가는 순간 평생 공부를 해야 한다고, 학교 다니기 전에는 신나게 놀고 하고 싶은 거 하는 게 최고라는 교육관을 가지고 계셨다. 나 역시 친정엄마의 교육관에 찬성했기에 아들은 어린이집과 유치원에서 배우는 것 이외에는 흔한 학습지 한 번 풀지 않고 입학했다. 그래서 담임선생님의 질문에 당황했다. 어린이집과 유치원에서 배운 것 말고는 따로 공부하지 않았다고 했더니 선생님께서 놀라시면서 얘기했다.

"어머니, 요즘은 학교 들어오기 전에 다들 학원에서 공부하고 오거든요. 학습지를 하기도 하고 학원에 가서 영어 공부까지 하고 옵니다."

아들은 어려운 글자를 빼고는 거의 모든 한글을 다 읽고 이름도 쓸 수 있었기에 그걸로 충분하다고 생각했다. 나머지는 학교에서 선생님과 배우면 되는 거고, 학교 들어가기 전에 최대한 많은 경험들을 하게 해 주고 싶었다. 내가 출근하는 날에는 아들은 할머니와 강으로, 들로 다니며 놀았다. 잔디에서 뛰어 놀기도 하고, 개미들이 놀러 다니는 것도 관찰했다. 비 오는 날이면 지렁이가 춤추는 것도 관찰했고, 주말이면 아들이 좋아하는 곳이라면 어느 곳이든 차를 타고 가서 여러 경험을 했다. 곤충박람회가 열리는 예천도 가고, 수영장도 가고 모래 놀이를 하러 바다를 가기도 했다. 경험을 통해 아들이 직접 마음으로 느끼고 세상의 다양함을 받아들이기를, 그래서 세상은 살 만한 곳이고 우리는 잘살고 있다는 것을 알게 해 주고 싶었다.

담임선생님의 말도 그렇고, 아들이 잔뜩 긴장한 채 시험을 치러 가는 모습을 보니 갑자기 엄마인 내가 잘못한 건 아닌가 하는 생각이 들었다.

'내가 공부를 시켜 주지 않아서 아들이 학교에서 성적 때문에 힘들어지는 건 아닐까?'

갑자기 후회가 밀려왔다. 그렇게 뒤늦은 나의 후회와 아들의 걱정이 가득한 학교 첫 시험은 생각보다 괜찮은 성적으로 마무리되었다.

"엄마, 내가 오늘 깜짝 놀랄 이야기 하나 해 줄게. 오늘 시험 성적이 나왔거든. 있잖아, 나 우리반 평균보다 성적이 더 높다고 선생님께 칭찬받았어. 오늘 기분 진짜 좋아."

"우와! 아들, 고생했어. 학교 들어가기 전에 너한테 아무 공부도 안 시켜줘서 힘들었을 텐데 노력 많이 했구나. 진짜 축하해. 아들 먹고 싶은 거 사 줄게. 뭐 사 줄까?"

"응, 나 치킨 사줘. 그리고 선생님이 나한테 얘기하셨어. 다른 친구들처럼 어릴 때 공부 안 하고 와도 너무 잘했다고, 나는 어릴 때 실컷 놀 수 있게 해 주는 엄마가 있어서 좋겠다고, 엄마가 나한테 공부 많이 안 시켜서 앞으로 더 공부가 재미있어질 거라고, 엄마 칭찬도 하셨어. 엄마, 나 어릴 때 많이 놀게 해줘서 고마워. 사랑해 엄마."

선생님의 칭찬에 아들은 자존감이 훅 올라간 듯 보였다. 그리고 나에게 고맙다는 말도 했다. 다행이었다. 나의 선택이 아들에게 짐이 되지 않아서. 내가 이런 선택을 할 수 있었던 건 친정엄마의 영향이 아주 컸다. 우리 삼 남매가 어린 시절에도 부모님은 우리에게 공부하라고 하지 않았다. 때가 되면 알아서 할 거라고 놀고 싶을 때 실컷 놀아 보라고 늘 우리를 믿어주신 부모님 덕분에 나도 아들이 학교에 들어가기 전에 선행학습을 하는 것에 대한 부담감이 없었다. 사실 아들이 초등학교 입학이 다 되어 갈 무렵에 걱정을 안 해 본 건 아니었다.

'겨우 자기 이름만 쓸 줄 아는데, 아직 어려운 한글은 못 읽는데

괜찮을까?'

내가 살던 시대랑은 다른데 너무 내 기준에서 아이를 키우는 건 아닐까 하는 불안감도 있었지만, 주 양육자인 친정엄마가 이미 경험한 일이었고 나 역시 그렇게 자랐기에 아들의 어린 시절은 공부와는 상관없이 편안하게 지낼 수 있도록 해 주었다.

다행히 책 읽기를 좋아해서 학교 다니기 전에는 아들이 스스로 책을 읽기도 하고, 자기 전에 꼭 내가 책을 읽어 주기도 했다. 덕분에 아들은 초등학교 6학년이 된 지금까지 성적은 늘 상위권에 있다. 그리고 3학년이 되어서는 스스로 학원도 보내 달라고 해서 지금까지 수학, 영어학원에서 공부를 한다. 커 갈수록 휴대폰과 친구가 되어 살아가는 아들이 살짝 걱정될 때도 있지만 할 일은 잘 해내는 아들이 대견하다. 어린 시절 아들에게 많은 경험을 하게 해 준 것이, 그리고 지금도 아들에게 넓은 세상을 보여 주기 위해 노력하고 있는 나의 마음이, 언제나 변함없이 따뜻한 사랑을 나누어 주시는 할아버지, 할머니의 마음이 지금의 아들을 있게 해 준 것이라고 믿는다.

아들은 앞으로 살아가면서 지금보다 훨씬 더 어려워질 공부와 세상살이에 가끔은 부딪혀 깨지기도 할 것이다. 그때마다 어린 시절의 소중한 경험들과 언제나 자신을 믿고 응원해 주는 엄마가 있다는 것을 기억하면 좋겠다.

아들아!

어두운 밤 너에게 불을 밝혀 주는 엄마 등대가 되어줄게.

더 넓은 세상에서 지혜로운 사람으로 살아가길 바란단다.

너를 위해서 지금보다 더 당당하고 세상에 부끄럽지 않은 엄마가 될게.

하루하루 경험을 쌓으면서 엄마와 너의 세상에 어떤 가시밭길이 있더라도 당당히 나아 갈 수 있는 꾸준함을 함께 배우고 나가자!!

<엄마의 생각>

이 부분만큼은 "나의 양육 가치관이 확고해."라고 말할 수 있는 교육관이 있나요?
(예. 공부하는 시간보다 책 읽는 시간을 더 많이 가져야 한다. / 이제 휴대폰 없이 살 수 없는 시대다. 휴대폰을 사용하여 창의적인 사고를 할 수 있도록 도와준다. / 잠을 푹 자는 게 건강에 좋으니 하루에 8시간 이상은 꼭 자게 한다.)

___

___

___

9. 아들, 눈치 보지 말자

빼줄게, 맛있게 먹어. '아이가 원하는 것을 다 들어줘도 되나?' 걱정할 수도 있습니다.

그런데 그렇게 걱정하기보다 지금 상황에서 할 수 있는 것을 먼저 하고 그 다음 단계로 가는 것이 현명합니다.

"그래, 오늘은 콩을 빼줄게. 마음 편하게 맛있게 먹어. 사실 콩도 먹다 보면 맛있어."

- 출처: 오은영 지음. 『어떻게 말해줘야 할까?』. 김영사 -

'오늘은 또 급식 때문에 얼마나 스트레스를 받을까?'

대부분의 아이들은 학교에서 공부 하는 것이 싫어서 스트레스를 받는다고 하지만 나의 아들은 달랐다. 물론 공부에 스트레스를 받기도 하지만 제일 큰 스트레스는 급식이었다. 급식 시간만 없으면 학교 가는 게 힘들지 않겠다고 말할 정도로.

'내가 너무 아들이 원하는 대로 먹게 내버려 둔 탓인가? 편식하게 만들어 버린 내 책임인가? 앞으로 급식을 계속 먹어야 하는데 어떻게 하지?'

마음속으로 걱정을 하면서 오늘은 아들이 좋아하는 반찬만 나오기를 바라며 학교에 잘 다녀오라고 인사를 했다.

"엄마, 나 어제 식단표 봤는데 오늘도 진짜 먹기 싫은 것만 나오는 날이야. 나 정말 학교 가기 싫어."

아들의 말에 가슴이 답답했다. 지금 이 순간 가장 힘들고 답답한 건 아들이겠지만 엄마인 나도 마음이 편하지는 않았다.

늦은 나이에 결혼을 했지만, 감사하게도 금방 나에게 찾아와 준 고마운 아들이었다. 임신을 하고 누구나 하는 입덧이 시작되었는데 나는 잘 먹지를 못했다. 그리고 열 달 내내 입덧을 했다. 입덧이 시작되면서 유일하게 내가 먹을 수 있었던 것은 귤과 딸기였다. 엄마인 내가 먹는 영양분을 뱃속에 아기가 먹고 자란다는데 열 달 내내 아들은 다른 음식을 거의 접해 보지 못했다. 덕분에 작게 태어난 아들은 한 번에 60cc의 분유도 다 먹지 못했다. 신생아를 오랫동안 돌봤다는 간호사들도 깜짝 놀랄 만큼 아들은 먹는 양이 적었다. 그렇게 태어나서부터 아들은 먹는 것에는 별로 관심이 없었고 좋아하는 음식이라도 양이 적었다. 그러다 보니 자연스럽게 아들이 좋아하는 것 위주로 음식을 만들어 주기 시작했다. 친정엄마가 키워주셨기에 인스턴트 음식보다 집에서 조리하는 음식들을 아들은 먹고 자랐다. 할머니 역시 아들이 잘 먹는 것 위주로 많이 해 주셨고 가끔은 골고루 먹게 하려고 노력하셨지만 쉽지 않았다. 나는 아들에게 먹기 싫은 것을 억지로 먹으라고 하지 않았다. 어른인 나도 먹기 싫은 건 안 먹는데 어린아이에게 억지로 싫은 음식을 먹이고 싶지 않았다. 편식하는 게 좋다는 것은 아니지만 최소한 아들이 먹고 싶어 하는 것부터 실컷 먹게 해 주고 싶은 마음이었다. 이런 나의 생각이 아들을 더 힘들게 만들고 있는지도 모르겠다. 학교에서 만난 선생님들의 교육관이 모두 다르듯이 급식에 대한 선생님들의 지도 방식도 천차만별이었다.

어느 선생님은 엄마인 내가 아들은 편식이 심하니까 배고프지 않을 정도로만 본인이 먹게 해 달라고 부탁하면 들어주는 분이 계셨고, 어느 선생님은 다른 아이들이 다 집에 가도 아들과 단둘이 마주 앉아서 억지로 밥을 먹이는 분이 계셨다. 그런 선생님을 만난 이후 아들은 급식에 대한 극도의 스트레스로 학교 가기를 거부했다. 전문적으로 배운 선생님의 교육방식이 맞겠지만 100% 옳다는 생각은 들지 않았다. 그래서 선생님께 다시 한번 부탁을 했다.

"선생님, 선생님께서는 어떻게 생각할지 모르지만 저는 아들에게 먹기 싫은 것을 억지로 먹으라고 강요하지 않고 키워 왔습니다. 선생님 말씀처럼 다른 친구들이 다 먹는 건 먹어야 하고 골고루 먹어야 편식의 습관이 없어진다는 것은 알고 있습니다만 모든 아이들이 다 잘 먹는 것은 아니지 않습니까? 혹시 선생님은 안 드시는 음식이 없나요? 저는 아직 안 먹거나, 못 먹는 음식이 많습니다. 아마 아들이 저를 닮았나 봅니다. 냄새에 민감하고 맛에 예민한 저를 닮아서 아들이 편식을 많이 하나 봅니다. 선생님께서 아이의 편식 습관도 고치고 영양소를 골고루 섭취하도록 지도하고 계시는 거 알지만 급식 때문에 학교에 가는 게 싫어진다면 그건 아니라고 생각합니다. 단체생활이니 혼자 밥을 안 먹을 수는 없으니 다시 한번 부탁드리지만, 아들이 먹고 싶은 양만큼만 먹을 수 있게 배려를 좀 해 주시면 안 될까요?"

무슨 용기였는지 모르지만, 힘들어하는 아들의 모습을 볼 수 없었기에 선생님께 부탁했다.

"어머니, 어머니 말씀을 듣고 보니 급식 때문에 학교를 오지 않을 정도로 스트레스를 받는다면 그건 제가 다시 생각해야 될 부분이 맞네요. 저도 아직 먹기 싫은 음식이 있습니다. 앞으로는 억지로 먹이지 않도록 하겠습니다."

선생님께서 내 부탁을 들어주겠다고 하셨다.

그날 저녁 "엄마 오늘 나 급식 조금만 먹었어. 그런데 선생님께 안 혼났어. 그리고 억지로 먹으라고 안 하시고 집에 가도 된다고 했어.

너무 기분 좋아."

세상에서 제일 행복한 얼굴로 아들은 이야기했다.

"그랬구나. 선생님께서 억지로 먹으라고 안 하니까 그렇게 좋아?"

"당연하지. 먹기 싫은데 억지로 다 먹으라고 하니까 그동안 짜증도 나고 힘들었어. 이제 조금만 먹어도 된다니까 진짜 좋아."

다음날 기분 좋게 학교에 다녀온 아들이 퇴근해서 집으로 돌아온 나를 안아주며 말했다.

"엄마가 선생님께 나 조금만 먹어도 괜찮으니까 그렇게 해 달라고 부탁했다면서? 선생님께서 말씀해 주셨어. 엄마가 나를 많이 사랑하고 항상 내 편이 되어 주는 것 같다고. 엄마 멋진 사람이라고, 엄마 최고!! 사랑해."

선생님께 내가 부탁했다는 사실을 알게 된 아들은 생각보다 많이 기뻐했다. 하지만 아들을 돌봐 주시는 친정엄마도 편식하는 습관은 나쁘다고 다 내 탓이라고 혼을 내시고, 주위 사람들도 저렇게 큰아이가 아직도 이 정도밖에 안 먹고 어떻게 사냐고 쓰러지겠다고, 그리고 가리는 거 너무 많으면 세상 살기 힘들다고 걱정을 해준다. 나 역시 그 부분에 대해서 걱정을 안 하는 것은 아니지만, 아직도 이런 내가 잘하는 건지 잘못하는 건지 헷갈리기도 하지만 분명한 건 어른인 나도 먹기 싫은 음식을 억지로 먹는 것처럼 힘든 게 없다는 사실이다.

어쩔 수 없이 억지로 먹고 토하면 오히려 음식에 대한 거부감이 쌓여 앞으로 살면서 더 힘들거라는 게 내 생각이다. 그래서 지금도 나는 아들이 편식하는 것을 알지만 그 부분에 대해서 심하게 야단치거나 혼내지 않는다. 그리고 아들에게 선택권을 준다. 어느 날 갑자기 새로운 음식이 먹고 싶어지는 날이 생기면 언제든지 엄마한테 얘기하라고, 새로운 음식을 맛보다가 먹기 싫으면 억지로 다 먹지 않아도 된다고, 억지로 무엇인가를 하는 것보다 스스로 선택해서 할 수 있는 게 가장 좋다고 생각한다. 그래서 나는 아들이 음식도 선택해서 먹을 수 있게 해 주고 싶다. 분명히 말하지만 편식이 좋다는 것은 아니다. 하지만 적어도 음식으로 인한 스트레스로 평생 그 음식을 두 번 다시 보기 싫어지는 것보다는 조금 천천히, 늦게 먹게 되더라도 맛을 알아가고 느끼면서 먹는 게 좋다는 것이다. 어른인 나도 아직 못 먹는 게 많다. 먹기 싫은 음식을 먹고 나면 체하기도 하고 짜증이 나기도 한다. 이런 나를 생각해 보니 아들은 오죽할까 싶다.

다른 사람들은 영양소를 골고루 섭취해야 한다는 이유로 편식이 나쁘다고 말하지만, 음식으로 모든 영양소를 섭취해야 한다는 생각 또한 고정관념이 아닐까 싶다. 요즘 세상에는 음식으로 섭취할 수 없는 영양소를 식품으로 얼마든지 먹을 수 있는 좋은 세상이지 않은가? 다른 아이들보다 먹는 것에 관심이 없고 먹는 양도 적고, 거기다 엄마를 닮아 편식까지 하는 아들에게 나는 영양제를 먹인다. 영양제를 먹어서가 아니라 오히려 자신이 좋아하는 것을 먹고 즐거워하면서 아들은 훨씬 더 건강하고 마음 편하게 잘 자라준다.

이 글을 쓰면서도 편식하는 습관을 빨리 고쳐주지 못하는 엄마인 내가 부족하게 느껴지기도 하고 이러면 안 될 거 같은 생각도 들지만 나는 오늘도 나의 선택에 스스로 박수를 보낸다. 왜냐하면 오늘도 급식 스트레스 받지 않고 학교를 잘 다녀와 준 아들이 집에서 원하는 메뉴를 선택해서 나에게 저녁을 차려 달라고 하니까. 처음보다 조금씩 나아지고 있는 아들의 식습관에 나의 칭찬이 더해지면 앞으로는 더 많은 음식들을 접해 볼 거라고 믿는다. 이런 마음으로 나는 오늘도 아들이 원하는 맞춤형 김밥을 만든다.

사랑이라는 밥과 정성이라는 반찬이 어우러져 만들어진 엄마표 맞춤형 김밥을 먹으면서 아들과 나는 행복한 하루를 보낸다.

<엄마의 생각>

"편식은 나쁜 거니까 뭐든지 잘 먹어야 해. 이거 안 먹으면 다시는 밥 안 준다."는 엄마의 으름장에 아이는 억지로 음식을 먹었습니다. 갑자기 아이에게 미안한 생각이 들었어요. 아이에게 어떤 표정으로, 어떤 말을 해주고 싶나요?
(예. "엄마가 너무 강요했구나." / 골고루 음식을 먹이게 하고 싶었지만, 오히려 아이를 힘들게 만들어 버린 미안한 마음에 "지금부터 너에게 선택권을 줄게."라고

말해 줄 것이다.)

10. 마지막 응원자

자식은 부모가 말하는 대로 자란다.

어머니가 늘 아이에게 "너는 바보야."라고 말하면 아이는 어쩔 수 없이 바보가 되는 것이다. 아이들은 부모가 내린 평가를 의심하거나 진실을 규명할 능력이 없기 때문이다. 아이들은 그런 말을 들으면 그것을 내면화해 무의식 속에 꼭꼭 담아 두고 자신은 사랑받을 수 없는 사람이고, 가치도 없는 사람이며, 아무 능력도 없는 사람이라고 생각하게 된다. 말의 힘은 그렇게 큰 것이다.

- 출처: 수잔 포워드 지음. 『독이 되는 부모가 되지 마라』. 푸른육아 -

'오늘은 정해진 시간 안에 잘 마무리하고 올까? 선생님께 혼나지는 않을까?'

엄마인 내가 봐도 평소 아들의 행동은 조금 느린 편이다. 집에서 혼자 지낼 때는 아무 문제 없지만, 단체 생활을 할 때는 혹시라도 다른 사람들에게 피해가 될까 봐 나름대로 집에서 얘기를 하는 편이었다. 그런데 유치원에서 선생님께 혼나는 일이 생겼다.

"엄마, 나 오늘 만들기 하는데 가위질도 잘 못하고 풀칠도 잘 못하고 우리 반에서 제일 꼴찌라고 선생님이 나한테 왜 그렇게 느리냐고 거북이도 너보다 빠르겠다. 오늘 중으로 다 만들겠어? 너 이거 다 안 하면 집에 못 간다. 엄마한테 너 좀 가르치라고 해야겠다 하면서 소리 지르고 야단쳤어. 나 친구들 보기도 창피하고 진짜 내가 거북이보다 느린가 싶어서 속상해. 엄마 나 진짜 거북이보다 느려?"

'아들의 평소 성향을 알기에 엄마인 내가 좀 더 빨리 행동하도록 다그쳐서라도 가르쳐 주어야 했을까?'

선생님께 이런 말까지 듣게 한 것이 모두 나의 잘못 같아서 너무 속상하고 아들에게 미안했다.

그리고 눈물 많은 아들이 오늘 얼마나 힘들었을지 생각하니 아들을 어떻게 달래주어야 할지 답답했다.

"아들, 만들기 시간에 선생님한테 혼나서 많이 속상했지. 울었어?"

"응, 엄마. 친구들 앞에서 울지 않으려고 했는데 나도 모르게 눈물이 났어. 선생님 목소리가 너무 커서 더 무서워서 자꾸 눈물이 났어."

역시 큰 소리에 민감하고 겁 많고 눈물 많은 아들은 선생님의 큰 목소리에 눈물을 흘렸다고 했다. 엄마, 아빠의 싸우는 소리 때문에 큰 소리로 말하는 것조차 겁내 하던 아들. 4살 아기 시절 엄마, 아빠의 이혼으로 할아버지 할머니와 거의 대부분의 시간을 보냈던 아들, 엄마가 일을 해야 했으니 당연한 상황이었지만 아들에게는 큰 상처가 되었을 것이다. 결혼 후 늘 힘들었고 우울했던 그래서 눈물 많은 엄마를 보고 자란 아들이 어쩌면 이 모든 환경을 몸으로 느끼면서 자연스레 몸에 배어 버린 것이 아닐까? 싶어서 그동안 엄마인 내가 얼마나 잘못을 한 건지 자책하게 되었다.

그리고 아들에게 물었다.

"아들, 너 거북이보다 느리다고 선생님이 얘기할 때 무슨 생각이 들었어?"

"엄마, 나는 토끼와 거북이 책만 엄마한테 들어서 거북이가 얼마나 느린지는 잘 모르겠어. 그런데 나한테 꼴찌라고 하고 다 못하면 집에 못 간다고 하니까 그게 무서웠어."

아들에게는 느림보라는 얘기보다 선생님이 꼴찌라고 한 말이 그리고 집에 가야 하는데 못 간다고 한 말이 무섭게 들렸던 모양이었다.

"아들, 걱정하지 마. 유치원에서는 아무도 못 자. 그러니까 끝나면 언제든 집으로 올 수 있고 우리가 돈 내고 다니는 곳이니까 중간에라도 어떤 일이 생기면 집으로 올 수 있어. 그리고 꼴찌라고 다 나쁜 거 아니야. 지금은 엄마 말 이해하기 힘들겠지만 모든 사람이 일등으로 살지는 않아. 그리고 가끔은 느리게 살아야 하는 때도 있는 거야. 너는 느린 부분도 있지만 다르게 얘기하면 꼼꼼하고 섬세해서 그래. 그리고 너 집중력도 뛰어나고 기억력은 진짜 좋잖아. 4살 때 가 본 길을 아직 기억하는 아이들은 없을 거야. 엄마가 보기엔 우리 아들 완전 최고인데 엄마는 너만 할 때 훨씬 더 느리고 할 줄 아는 게 별로 없었어. 그래도 지금 엄마 이렇게 회사도 잘 다니고, 돈도 벌고 너랑 여행도 갈 수 있고 다 하고 살잖아. 네가 보기에 지금 엄마 어때?"

"엄마, 멋있어. 그리고 사랑해. 엄마 돈도 잘 벌어오고 내가 원하는 건 뭐든 다 들어주고 놀러도 가고, 항상 내 편이 되어 주잖아. 그래서 나는 엄마가 좋아. 그런데 진짜 엄마도 나처럼 느렸어?"

옆에서 듣고 있던 친정엄마가 거들어 주셨다.

"말도 말아. 너거 엄마 뭐 하나 만들라고 하면 하루 종일 걸린다. 그 대신에 너랑 똑같이 좋아하는 일에는 집중 잘한다. 그리고 커서는 안 그러고 잘 산다. 그래서 지금까지 일 잘하고 있는 거잖아. 너도 엄마 닮아서 어릴 때는 조금 느릴지 모르지만, 앞으로는 다 잘할 거야."

나와 할머니의 응원에 아들은 금방 기분이 좋아졌다.

유치원 선생님께 상담 요청을 했다. 퇴근 후 유치원에 들러서 아들이 상처받은 얘기와 더불어서 지금 한참 예민한 시기에 아들에게 상처로 남을 이야기는 하지 말아 줄 것을 부탁드렸다. 선생님께서는 아무 의미 없이 한 말이겠지만 듣는 아이 입장에서 한 번 더 생각하고 아이의 성향을 조금 더 배려해 주었으면 좋겠다는 부탁도 드렸다. 별난 엄마라고 자기 자식이 뭐가 부족한지 모르는 엄마라고 선생님이 나중에 욕을 하더라도 엄마인 내 입장을 충분히 설명했다. 아들이 자라온 환경, 그리고 아들의 성향, 아들이 조금 늦다는 것을 인정하지만, 굳이 그렇게 상처 주는 말로 얘기하지 않아도 알아듣게 설명할 수 있다는 생각이 든다고 선생님의 교육 방침에 태클을 거는 것이 아니라 엄마 마음으로 충분히 상황을 설명했다. 그리고 아들에게 미안하다고 사과해 달라고 했다. 아들의 담임선생님은 이해가 잘되지 않는 듯한 표정이었다. 원장님과 함께 다시 차근차근 내 입장을 설명하면서 말이 얼마나 큰 상처가 되는지에 대해서 다시 한번 얘기했다. 오랜 경력과 연륜이 있는 원장님은 내 입장을 이해할 수 있겠다고 했다. 그리고 선생님들께도 다시 얘기해 두겠다고 했다. 아이들에게 말로 상처 주는 일이 없도록 말이다.

다음날 퇴근 후 아들이 사탕을 들고 와서 자랑했다.

"엄마 이거 오늘 우리 선생님이 나 그림 잘 그렸다고 상으로 주신 거야. 그런데 나 혼자만 받았어. 오늘 기분 진짜 좋아."

"우와! 아들 혼자 상 받았다고? 대박인데 역시 엄마 아들 멋지다.

아들 그림 솜씨는 아무도 못 따라가지."

아들의 담임선생님은 전날 상황에 대해 사과는 하지 않았지만, 아들에게 사탕 하나를 상으로 주면서 칭찬을 해 주었던 것이다. 나는 선생님께 감사하다고 전화를 드렸다. 선생님도 나에게 앞으로 아들과 더 잘 지내도록 노력하겠다고 하셨다. 역시 엄마의 진심이 통했구나 싶어 기분이 좋았다.

나는 아들이 다른 아이들에 비해 조금 늦다는 것을 알고 있다. 하지만 어릴 때부터 아들 앞에서는 절대 느리다는 말을 하지 않았다. 아마 책을 통해 읽었던 부분도 있었지만 내 몸이 기억하는 것이 더 정확하지 않았을까 싶다. 어린 시절 부모님은 우리 삼 남매의 부족한 부분에 대해 잘 얘기하지 않으셨다. 오히려 잘하는 것만 이야기하셨고, 늘 칭찬하고 용기를 주셨다. 덕분에 우리 삼 남매는 지금 각자의 위치에서 잘 살아내고 있다. 아들과 대부분의 시간을 보내는 친정엄마의 영향이 컸다. 우리를 이렇게 키워내신 엄마는 나에게 늘 아들 앞에서 말조심하라고, 어린 시절 들었던 말이 평생 기억에 남는다고 하셨다. 그래서 나는 아들이 부족한 부분에 대해서는 가능하면 아들에게 말하지 않고 친정엄마와 둘이서 상의를 많이 했다. 그리고 아들에게는 "아들 지금도 잘하고 있어. 너는 그림도 잘 그리고 책도 좋아하고 무엇보다 관찰도 잘하고 엄마가 못 하는 거 너는 다 잘하고 있어서 부럽다. 엄마가 너한테 좀 배워야겠어. 이제부터는 우리 시계 보기 연습 할까?" 하면서 자연스럽게 시간 안에 해내는 훈련을 주말이면 집에서 자주 했다. 그리고 밖에서도 시계 보는 연습을 통해 시간의 중요성과 함께 어울려 살아야 하는 세상임을 아들이 직접 느끼게 해 주었다.

어느새 초등학교 6학년이 된 아들은 해야 할 일을 잘 해내고 친구들을 배려하면서 서로 잘 어울려 지내고 있다. 나를 키워주신 부모님을 보고 자란 내가 다시 아들에게 그런 자연스러움을 보여 줄 수 있어서 얼마나 감사한지 모르겠다. 지금도 가능하면 아들에게 부정적인 말은 하지 않으려고 노력한다. 잔소리하지 않는 엄마가 되기 위해 가끔 화가 나고 속이 상할 때는 내가 먼저 자리를 피하기도 한다. 그렇게 오늘도 나는 아들에게 잔소리하지 않는 지혜로운 엄마로 함께하기 위해 노력한다. 말의 힘을 누구보다 잘 알기에 바르고 고운 말을 쓰기 위해 애썼다.

<엄마의 생각>

"너 누구 닮아서 그렇게 느려? 그래서 이 바쁜 세상 어떻게 살 거야?" 누군가의 말에 상처를 받는 아이의 모습을 보면 제일 먼저 어떤 생각이 들 것 같나요? 그리고 어떤 말을 해 주고 싶은가요?

(예. "그때 그 말에 마음 아팠구나." / 아무 말 없이 꼬옥 안아준다.)

11. 너와 대화 할 수 있어 고마워

잠들기 직전의 시간은 아이들의 교육에 마법의 시간과도 같다.

길어야 30분 정도에 불과한 짧은 시간 동안 부모와 자녀 사이에는 어느 때보다 긴밀한 소통이 이루어질 수 있으며, 그것은 아이의 일생에 커다란 영향을 미친다.

- 출처: 전성수 지음. 『부모라면 유대인처럼 하브루타로 교육하라』. 위즈덤하우스 -

'처음으로 아들에게 회초리 들었는데 오늘 어떻게 보냈을까?'

절대로 아이를 키우면서 회초리를 드는 엄마가 되지는 않을 거라고 다짐하고 다짐했는데 오늘 아침 아들의 돌발 행동에 너무 화가 나서 매를 들었다. 아침 식사 시간 식탁에 할아버지, 할머니와 함께 둘러앉았는데 갑자기 아들이 물컵을 손으로 밀치면서 바닥으로 떨어뜨리는 게 아닌가? 앞의 상황은 잘 몰랐지만 일단 아들에게 왜 그랬는지 큰 소리로 물었다. 하지만 아들은 입을 꾹 다문 채 아무 말도 하지 않았다. 처음 있는 일에 어떻게 해야 할지 판단이 되지 않았다. 아들은 어린이집으로 나는 회사로 각자 가야 할 곳이 있는 아침이었지만 이 상태로 출근을 할 수가 없었다.

아들을 데리고 방으로 들어갔다.

"할아버지, 할머니 계시는데 누가 버릇없이 이런 행동을 하는 거야? 엄마가 그렇게 하라고 가르쳤어? 니가 뭘 잘못했는지 알아?"

가시 돋친 내 목소리에도 아들은 아무 대꾸를 하지 않았다.

'이건 또 뭐지? 지금 이 녀석이 엄마를 무시하나? 엄마 무서운 줄 모르나?'

온갖 생각이 머릿속에 떠다니면서 화가 나기 시작했다.

"너 잘못한 거 없어? 니가 잘못했다고 할 때까지 유치원 못 가고 엄마도 회사 안 갈 거야."

그래도 아무 말도 하지 않는 아이를 보면서 결국 나는 회초리를 들었다.

"니가 잘못했다고 할 때까지 엄마는 때릴 거야."

내 고집도 만만치 않았지만 나를 닮은 아들은 엉덩이에 줄이 생기고 눈물을 흘리면서도 잘못했다는 말을 하지 않았다. 친정엄마가 그만하고 출근하라고 하셔서 울고 있는 아들을 둔 채 뒤돌아서서 집을 나섰다. 이런 마음으로 출근을 했으니 하루 종일 마음이 불편했다.

퇴근 후에 집에 돌아가면 아들이 또 어떤 말을 할지 신경이 쓰였다.

퇴근 후 아무 일 없다는 듯이 저녁을 먹고 방안으로 들어왔다.

"엄마, 나 물어볼 거 있어."

아들이 먼저 말을 걸어왔다.

"뭔데 얘기해 봐?"

아들은 나를 쳐다보더니 제법 진지하게 "엄마 혹시 계모 아니야? 오늘 아침에 나 때리는 거 보면서 그런 생각이 들었어. 진짜 엄마라면 이렇게 아프게 때리지 않을 텐데 그리고 내 말부터 들어줄 텐데 오늘 아침엔 엄마가 내 얘기도 듣지 않고 화내고 회초리로 때려서 멍들고, 그래서 엄마가 계모 아닌가 하루 종일 생각했어."

아들의 말에 깜짝 놀랐다. 아직 4살 어린 아이니까 동화책과 현실을 구분하지 못해서 그런가 싶기도 했지만 내가 무슨 짓을 한 건지 정신이 번쩍 들었다.

"아들, 왜 그런 생각을 했어? 설마 엄마가 계모라면 이혼하고 혼자서 너를 키우겠어? 그리고 아침에 엄마가 회초리로 때린 건 미안한데, 니가 왜 그랬는지 말도 안 하고 잘못했다는 말도 안 하니까 엄마를 무시하는 것 같아서 너무 화가 나서 그랬어."

"엄마, 나 아침에 식탁에 앉다가 손이 미끄러져서 물컵이 떨어졌어. 그런데 엄마가 나한테 막 화내면서 왜 그랬냐고 소리치니까 무서워서 아무 말도 못 했어. 그리고 엄마가 회초리로 때리니까 더 겁나고 처음 맞아보니까 너무 아파서 울기만 한 거야."

순간 가슴이 쿵 하고 내려앉았다. 내가 과연 엄마가 될 자격이 있을까? 아들의 마음도 이해하지 못하고 상황 파악도 못 하고 내 기분에 따라 이렇게 조그만 아이를 무차별 공격하다니. 평소 아들과 많은 이야기를 한다고 했던 나인데 이게 도대체 무슨 일인지, 나 자신이 초라하고 미워서 눈물이 났다. 아들에게 미안하고 부끄러워서 눈물이 났고, 아들의 엉덩이에 선명하게 남아있는 회초리 자국에 연고를 바르면서 펑펑 울었다.

"엄마, 울지 마. 나 아침에 아팠는데 어린이집 다녀와서 할머니가 약 발라 주셨어. 그래서 지금은 많이 안 아파. 그리고 엄마가 계모 아니라서 너무 좋아."

계모가 아니라서 좋다는 아들의 말에 울다가 웃었다. 아들을 꼭 안고 말했다.

"아들, 정말 미안해. 앞으로는 엄마가 한 번 더 생각하고 네가 말할 때까지 기다릴게."

그날 이후 지금까지 단 한 번도 아들에게 회초리를 들지 않았다. 그리고 아들과 약속한 대로 가능하면 아들의 이야기를 먼저 듣고 난 후, 내 마음에 관해 이야기하는 시간을 가졌다. 다행히 아들은 남자지만 이야기하는 것을 좋아한다. 그게 얼마나 감사한지. 아들은 잠들기 전 누워서 재잘재잘 하루 종일 있었던 일들을 나에게 이야기해 준다. 기분 좋았던 일도, 속상했던 일도 숨기지 않고 모두 말해준다. 어릴 때는 엄마와 대화를 하다가도 초등학교에 들어가게 되면 대화 시간이 조금씩 줄어든다고, 특히 남자아이들은 거의 자기 얘기를 하지 않는다고, 사춘기가 시작되면 특히 더 그렇다고 주위에서 부정적 이야기를 많이 들었던 터라 아들이 커 가면서 걱정도 되었다.

아들과 대화가 안 돼서 어릴 때처럼 오해하고 아들에게 상처를 주게 될까 불안하기도 했다. 감사하게도 지금 13살 초등학교 6학년이 된 아들이지만 여전히 엄마와 이야기하는 시간을 좋아하고 잠들기 전에는 이런저런 사소한 얘기들을 주고받을 수 있다. 엄마인 내가 힘들고 속상한 날에는 내 기분도 먼저 말해주고, 왜 이런 기분이 들게 되었는지도 아들이 다 이해하지 못하더라도 계속 얘기를 했다. 감정 표현에 서툴러서 엄마를 닮아 눈물이 많던 아들도 차츰차츰 감정을 표현하고 나에게 많은 이야기를 들려준다. 그리고 잠자기 전 대화하는 시간을 나도 아들도 자연스럽게 즐기고 있었다. 때로는 서로에게 속상했던 이야기도 하고, 엄마인 내가 기분이 안 좋다고 하면 간지럼을 태워서 웃게 만들어 주는 속 깊은 아들이 참 고맙다.

"엄마랑 잠자기 전에 이렇게 얘기하는 거 어때? 엄마가 자꾸 물어보니까 귀찮지는 않아?"

"가끔은 귀찮기도 해. 그리고 말하기 싫을 때도 있어. 요즘은 내가 엄마한테 말하기 싫어서 짜증 낼 때도 엄마가 많이 화 안 내서 괜찮은 거 같아. 이제 내가 말하기 싫어하면 엄마도 좀 이해해줘."

내 기억 속 아들은 여전히 4살 아기인데 어느새 이만큼 자랐구나 싶은 생각에 대견하기도 하고 초보 엄마여서 미안한 마음도 든다.

유대인 교육법에 대해서는 자주 들어왔다. 우리나라처럼 주입식 교육이 아니라 스스로 알아차리게 하는 교육법, 그래서 내게도 참 많은 걸 알게 해 주었고 내가 어떻게 행동해야 하는지 도움이 되는 책이었다. 책 속에 길이 있다는 말이 정답인 것 같다. 아들을 잘 키우고 싶었고 아들에게 좋은 엄마가 되고 싶은 나의 희망 사항에 자녀 교육과 관련된 책들이 많다는 것은 감사한 일이고 또 그런 책들을 찾아서 읽는 나도 대단하다는 생각이 든다.

오늘도 나는 아들의 마음을 읽어 내기 위해 대화를 요청하고 아들은 여전히 재잘재잘 이야기를 해 준다. 아들과 대화하고 소통할 수 있는 엄마가 되기 위해 앞으로 더 많은 시간과 노력을 투자할 준비가 되어 있는 나는 멋진 엄마다! 스스로 칭찬해 본다.

<엄마의 생각>

아이가 엄마 말에 대꾸를 하지 않습니다. 어른이라는 이유로 혼자 판단해서 아이에게 상처를 줄 때 제일 먼저 드는 생각은 무엇인가요? 그리고 어떤 표정으로, 어떤 말을 해주고 싶나요?

(예. "오늘 화나는 일 있었어?" / 상대가 이야기할 수 있도록 여유를 가지고 "엄마가 지금부터 물어볼 게 있는데 네가 대답해 주면 좋겠어."라고 말해 줄 것이다.)

12. 너의 상상력의 끝은 어디일까?

호기심이 있는 사람은 남다른 에너지가 있고 매사에 의욕적이고 생동감이 있습니다.

호기심의 불씨를 잃지 않고 키우려면 궁금한 것이 있을 때, 그냥 넘어가지 않고 적극적으로 찾아보세요.

이때 책은 최고의 정보원이 됩니다.

- 출처: 고도원 지음. 『위대한 시작』. 꿈꾸는 책방 -

'오늘은 또 어떤 상상을 하면서 하루를 보냈을까?'

어린 시절 누구나 말도 안 되는 상상을 한 번쯤은 하고 자라지 않았을까 싶은데 아들도 예외는 아니었다. 과학자가 꿈인 아들은 유난히 관찰하는 것을 좋아하고 호기심이 많았다. 때로는 황당한 질문에 대답하기 곤란하게도 만들었고 때로는 너무 웃겨서 신나게 웃기도 했던 기억이 있다.

엄마를 닮아 멀미가 심한 아들은 놀러 가는 것을 좋아했는데 안타깝게도 1시간 이상 차를 잘 타지 못했다. 가고 싶은 곳이 있어도 집에서 얼마나 오랫동안 가야 하는지를 제일 먼저 물어봤다.

그리고 2시간 이상 간다고 하면 먼저 겁을 먹고 안 가겠다고 할 때도 많았다. 내 입장에서는 멀미가 얼마나 힘든 건지 경험을 통해 이미 잘 알고 있기에, 아들이 멀미 때문에 좋아하는 곳에도 못 간다고 생각하니 속이 상했다. 차도 자꾸 타다 보면 나아진다고, 가다가 쉬면서 가면 된다고 그렇게 한 가지씩 적응하면서 도전해 보자고 했다. 멀미는 싫지만 놀러 가고 싶은 어린 아들은 내 말에 따랐다.

곤충이 너무 좋아서 집 근처에 있는 학습관만 가던 아들이 TV 광고에서 봤다고 예천에 있는 곤충박물관에 가고 싶다고 했다. 집에서 예천까지 내비게이션이 알려주는 시간은 2시간이었다. 아들에게 중간에 쉬면서 천천히 가면 된다고 했지만, 아들은 차 안에서 잔뜩 긴장하고 있었다.

"아들 자꾸 멀미가 난다고 생각하면 더 그래. 편안하게 마음먹고 바깥 풍경 보면서 가자."

"알겠어. 나도 생각을 안 하고 싶은데 차 타고 조금만 가면 속이 안 좋아. 고속도로는 창문도 못 여니까 더 힘들어. 엄마 말대로 바깥을 구경하면서 가볼게.”

휴게소에 도착할 때쯤 아들이 속이 너무 안 좋아서 토하고 싶다고 했다.

나는 미리 준비해 둔 비닐봉지에 토를 하라고 말했다. 그렇게 심한 멀미 후 휴게소에 도착했다.

핼쑥한 아들의 얼굴을 보니 속이 상했다. 이런 건 엄마 닮지 말지 하는 안타까운 마음도 들었다. 다 큰 어른인 나도 가끔 컨디션이 좋지 않으면 멀미를 했다. 그러니 아들이 얼마나 힘든지 너무 잘 알고 있었다. 이 모든 게 엄마를 닮아서 그런 것 같아 미안한 마음이 들었다. 이런 엄마 마음을 아는지 모르는지 휴게소에서 바람을 쐬고 기분이 좋아진 아들이 말했다.

“엄마, 자동차에는 왜 날개가 없을까? 비행기처럼 날개를 달아서 빨리 가면 얼마나 좋을까? 나처럼 멀미하는 친구들은 차 오래 타는 거 힘드니까 가까운 곳은 바퀴로 가고, 멀리 가거나 차가 밀릴 때는 날개가 펼쳐지면서 날아가면 얼마나 좋아. 그럼 나도 기분 좋게 여행 갈 수 있을 텐데 엄마 생각은 어때?”

아이다운 상상력에 웃음이 터졌다.

“아들, 비행기 타도 멀미하던데 그건 어쩌려고?”

“물론 그렇지만 비행기는 빨리 가잖아. 그러니까 조금만 참으면 된다는 뜻이지. 안 그래?”

듣고 보니 맞는 말이었다. 오래 차를 타거나 덜컹거리는 길에서 유독 멀미가 심한 아들이 충분히 상상할 수 있는 일이었다. 아들의 상상대로 날개 달린 자동차가 나온다면 나도 무조건 사야겠다는 생각이 들었다. 수요자가 엄청 많을 것 같은 예감이 들었다. 늦잠 자고 일어나서 출근길 바쁜 사람들, 멀미가 심해서 장시간 차를 못 타는 사람들, 시간이 돈이라 생각하고 길에 버려지는 시간이 아까운 사람들, 뭐든지 빨리빨리 하고 싶은 우리나라 사람들 누구나 다 살 것 같은 생각이 들었다.

아들에게 이런 상황을 얘기하면서 "아들, 만약에 과학자가 되어서 날개 달린 자동차를 진짜로 만들면 우리 완전 대박 나겠어. 누구나 다 살 거 같은데 그럼 너는 특허비 받고 사람들에게 편리한 생활 할 수 있도록 해 주는 멋진 과학자가 되는 거야. 우리 이거 한번 고민해 볼까?"

"엄마, 그냥 내가 답답해서 해 본 말이야. 날개 달린 자동차를 어떻게 만들겠어? 내가 할 수 있을까?"

"왜 못한다고 생각해? 지금부터 차근차근 책도 찾아보고 엄마보다 더 잘하는 유튜브에서 검색해 보고 비행기도 이미 만들어져 있으니 그런 원리를 찾아보면 가능하지 않을까?"

휴게소에서 아들과 나의 이야기를 듣던 친정엄마가 옆에서 한마디 거들었다.

"둘이서 잘 논다. 니는 어린 애가 그런 말 한다고 말도 안 되는 이야기에 맞장구치니? 어이구 둘 다 잘났다 잘 났어."

진지하게 고민하던 아들은 할머니의 말씀에 얼음이 되어서 반짝이던 눈빛이 사라졌다. 친정엄마에게 아이들은 호기심과 상상력으로 자라는 거라고 되고 안 되고는 아직 아무도 모르는 거라고 기죽이지 말라고 했다. 그제야 친정엄마도 말했다.

"맞다. 그러고 보니 나도 어릴 때 너희 할아버지가 하도 딸이라고 구박해서 아들로 변할 수 있는 약이 있으면 좋겠다는 생각을 했다." 라며 아들에게 미안하다고 사과했다. 그리고 마음껏 꿈꾸고 상상해 보라고 하셨다. 그리고 손자 덕분에 편안하게 여행 한번 해 보자고 말씀하셨다.

"할머니 내가 커서 과학자가 되면 죽지 않는 약부터 만들어서 할아버지, 할머니 건강하게 사시게 해 놓고 그다음에 날개 달린 자동차 만들어서 우리 가족 여행 다니면서 살자. 내가 죽지 않는 약 만들 때까지 살아 있어야 해. 엄마가 회사 다녀서 대신 나 키우느라고 할머니 많이 힘들었으니까 내가 크면 할머니한테 용돈도 드리고 잘 해줄게."

손자의 말에 친정엄마는 웃으면서 눈가가 촉촉해졌다. 그러면서 손자가 과학자 될 때까지 건강하게 살려면 앞으로 운동도 열심히 해야겠다고 말씀하셨다. 친정엄마와 아들의 대화를 들으면서 아빠 없는 환경에서도 잘 자라준 아들이 대견스럽고 고마웠다.

휴게소에서 즐거운 대화를 마치고 다시 올라앉은 차 안에서 아들은 할머니와 신나게 상상의 나래를 펼치기 시작했다. 아들은 제 흥에 겨워 큰 목소리로 말했다. 그 바람에 내비게이션 소리가 잘 들리지 않았다. 그 이후 덜컹거리는 길도, 달리는 고속도로에서도 무사히 예천 곤충박물관에 도착할 수 있었다.

곤충박물관에서 좋아하는 곤충들을 실컷 보고 관찰하면서 아들은 내가 생각하지도 못한 지식정보들을 알려 주었다. 박물관 유리 속에 갇혀 있는 곤충들을 보며 곤충들이 밖으로 다 나와서 같이 놀면 좋겠다는 아들의 말에 나는 기겁을 했다. 나는 세상에서 벌레가 제일 싫었다. 그런데 이렇게 많은 곤충들이 밖으로 나와 돌아다닌다고 상상하니 도망갈 준비부터 해야겠다는 생각이 들었다. 그런데 아들은 곤충들을 직접 만져보고 체험할 수 있다는 상상만으로도 기분이 들떠 있었다. 상상으로 끝나기를 바랐지만 다른 곳으로 이동하니 체험장이 떡 하니 기다리고 있었다.

아들은 체험장 안에서 곤충도 만져보고 심지어 파충류 관에서는 뱀을 목에도 걸어 보았다. 평소에 겁 많던 아들의 모습은 찾아볼 수 없을 정도로 아들은 대담했다. 그 상황이 엄마로서 신기하기만 했다. 그리고 내 목에 뱀을 걸어주려는 아들의 필사적인 노력에도 나는 재빠르게 도망갔다.

실컷 구경하고 집으로 돌아오는 차 안에서 아들은 할머니와 상상력의 2탄을 펼쳤다.

"할머니, 자동차는 날개 두 개만 달아야 할까? 큰 비행기는 날개가 좀 더 많겠지만 자동차는 작아서 날개를 많이 달면 무거워서 못 날 수도 있겠지? 죽지 않는 약 만들려면 내가 빨리 커서 과학자가 되어야 하는데 처음 연구할 때는 돈을 못 번다고 하는데 괜찮을까?"

역시 호기심과 상상력은 끝이 없다는 걸 아들을 통해 다시 한번 알게 되었다. 아들의 무한한 상상력을 뒷받침해 줄 수 있는 엄마가 되어야겠다는 생각이 들었다.

"아들, 과학자가 되어서 연구할 동안 돈 못 벌면 엄마가 도와줄게. 그러니까 걱정하지 말고 네가 하고 싶은 거 하면서 살아."

"엄마, 진짜야? 그때 되면 엄마 나이가 많아서 돈 벌기 힘들 텐데……. 괜찮겠어?"

36살 늦은 나이에 엄마가 되었기에 엄마의 정년이 언제인지 계산 빠른 아들의 말에 웃음이 났다.

"괜찮아. 그전에 엄마가 많이 벌어서 모아둘게. 네가 원하는 건 뭐든지 다 할 수 있게 엄마가 도와준다고 했잖아."

"나 엄마만 믿고 과학자가 되도록 열심히 공부할게. 고마워, 엄마."

아들과 함께 꿈꾸고, 상상할 수 있는 나는 지금 이대로 참 괜찮은 엄마라는 생각이 든다. 아들도 내 생각에 동의해 줄 거라 믿으면서 오늘도 나는 내가 해야 할 일에 최선을 다한다.

<엄마의 생각>

어느 날 갑자기 아이가 얘기합니다. 날개 달린 자동차를 만들고 싶다고 하네요.
제일 먼저 드는 생각은 무엇인가요?
그리고 어떤 표정으로, 어떤 말을 해주고 싶나요?
(예. "우와! 대단한데 엄마도 타고 싶어." / 아이의 무한한 상상력을 인정해 주면서 "엄마하고 같이 만드는 방법 찾아볼까?"하고 호기심과 상상력을 펼칠 수 있도록 도와줄 것이다.)

____

____

____

13. '감사합니다'의 위대한 힘

'감사합니다'를 하루에 500번 말한다. '감사합니다'라는 말에는 몸과 마음에 쌓여 있던 부정적인 에너지를 긍정적인 에너지로 바꾸어 주는 힘이 있다.

- 출처: 고이케 히로시 지음.

『2억 빚을 진 내게 우주님이 가르쳐준 운이 풀리는 말버릇』. 나무생각 -

'오늘은 또 누구에게 감사한 마음을 가지고 살아갈까?'

삼 남매 중 둘째로 태어난 나는 가난했지만, 사랑 가득한 부모님 밑에서 착한 오빠와 개구쟁이 남동생과 사랑 속에서 자랐다. 어른이 된 후, 직장에 다니게 되었고, 마음 맞는 사람을 만나서 결혼하고, 행복한 가정을 꾸리고 살아야지 생각했다. 그러다가 조금 늦은 나이에 결혼하고, 한 달 만에 내게 선물처럼 찾아와 준 사랑하는 아들이 있었기에 마냥 행복했다.

하지만 서로에 대한 이해와 배려가 부족한 상황에서 시작된 결혼 생활은 순탄하지 않았고, 결국 나는 아들을 내가 키우겠다는 결심을 하고 이혼을 선택했다. 나름대로 착하고 바르게 잘 살아온 나에게 왜 이런 시련을 주는지 세상이 싫었고, 누구나 잘사는 결혼 생활을 제대로 못 하는 내가 싫었다.

가족들에게 늘 도움이 되던 존재였는데, 이제는 반대로 걱정을 하게 만드는 존재가 된 것 같아서 도망가고 싶었고, 숨고 싶었다. 잘 웃고 늘 감사하다고 표현할 줄 알던 내가 없어져 가고 있었다. 싱글맘이라는 사실을 숨기기 바빴고 내 마음과는 다르게 초보 엄마로, 싱글맘으로, 워킹맘으로 살아가는 현실에 늘 가슴이 답답했다.

하지만 내가 선택한 길이기에 아들을 위해서 힘을 내야 했다. 세상과 당당히 맞서 싸워 이겨야 했다. 아들을 당당하게 키워내기 위해서 마음을 강하게 먹어야 했다. 답답한 현실 속에서도 내가 감사하면서 살 수 있었던 건 부모님뿐 아니라 오빠, 남동생 덕분이었다. 특히 오빠는 내게 든든한 백이 되어 주었다. 항상 철없이 느껴지던 남동생도 가정 폭력으로부터 나를 지켜주는 듬직함을 보여 주었다. 감사하다는 말로는 부족한 가족들의 넘치는 사랑 덕분에 나는 조금씩 싱글맘으로서 내 인생을 만들어 가고 있었다.

아들이 7살 때 유치원에서 학교 운동장을 빌려서 운동회를 한다고 했다.

"엄마, 유치원에서 운동회 하는데 이번에는 아빠, 엄마 모두 참석해야 한대. 아빠한테 전화해서 회사 일이 바쁘더라도 오라고 하면 안 돼?"

가슴이 쿵 하고 내려앉았다.

'어떻게 해야 하지?'

아들이 4살 때 이혼했지만 아직 아들에게 사실을 말하지 못하고 있었다. 원래 아이 아빠는 지방에서 근무를 하고, 한 달에 한 번 정도 만났기 때문에 아이에게는 아빠가 바빠서 못 온다고 말해두었다. 그렇게 일 년에 두세 번씩 아이 아빠와 함께 만나고 있었기에 아들은 당연히 아빠한테 전화하라는 말을 했던 것이다. 우선 아들에게는 알겠다고 하고, 다음 날 저녁 퇴근해서 아들에게 거짓말을 했다.

"아들, 아빠는 바빠서 못 온대. 토요일도 일한대. 대신 큰외삼촌한테 부탁했더니 올 수 있다는데 괜찮겠어?"

"할 수 없지 뭐. 그런데 아빠 진짜 나빠. 아무리 바빠도 내가 운동회 하는데 한 번쯤은 올 수 있는 거 아냐? 아빠 미워."

아들의 눈에는 이미 눈물이 가득했다. 아들의 마음에 이런 상처를 준 게 미안했다. 내가 정말 나쁜 엄마라는 생각이 들었다. 나만 잘 살자고 선택한 이혼이 아니었다. 아들에게 폭력과 폭언이 왔다 갔다 하는 삶을 보여 주기 싫어서 선택한 결정이었다. 그런데 아들이 우는 모습을 보니 마음이 아팠다.

드디어 운동회 날 아침 일찍 아들의 큰외삼촌 그러니까 나의 오빠가 집으로 왔다. 올케언니와 조카들 둘까지 데리고서. 어린이집에서 일하는 올케언니 말이 어린이집 행사 때 가족들이 많이 오면 참가상을 준다며 조카들까지 다 데리고 왔다. 나와 아들을 생각해 주는 올케언니의 마음에 또 한 번 감동하고 아침부터 폭풍 눈물을 흘렸다.

아들은 태어나서부터 외갓집에서 자랐다. 그런데도 한 번도 외할아버지, 외할머니라고 부르지 않았다. 게다가 외삼촌, 외숙모라고도 부르지 않았다. 솔직히 말하면 내가 가르쳐 주지 않았다고 말하는 것이 더 정확한 표현일 것이다. 그냥 할아버지, 할머니, 삼촌, 숙모로 알려주었다. 어차피 외갓집에서 살아야 하니 굳이 앞에 '외'자를 붙이지 말자는 친정아버지의 뜻을 따라 편하게 불렀다.

친정 부모님, 오빠네 가족 4명, 나와 아들, 8명의 대가족이 2대의 차에 나누어 유치원 운동회가 열리는 학교로 향했다. 엄마인 나는 아들에게서 아빠의 존재를 지켜주지 못한 마음에 미안하기만 한데, 아들은 전혀 그런 내색 없이 누나, 형들까지 와서 너무 좋다고 차 안에서 신나게 웃었다.

'아들 미안하고 고맙다. 엄마가 못나서 너한테 너무 상처를 준 건 아닌지 모르겠어. 그래도 누구보다 엄마가 널 사랑해서 선택한 일이고, 평생 너에게 이 죄 다 갚으면서 살게.'

마음속으로 다짐하고 또 다짐했다.

드디어 도착한 학교 운동장에서 생각지도 못한 작은삼촌과 형을 만난 아이는 신이 제대로 났다.

아들보다 한 살 많은 남동생의 아들도 남동생과 함께 와 있었다.

"엄마, 우리 가족 그럼 오늘 모두 10명이네. 나 운동회 한다고 많이 와주어서 너무 좋아."

삼촌 고마워. 누나 고마워. 형아 고마워. 가족들에게 신이 나서 인사하는 아들을 보니 마음이 짠했다.

운동회가 시작되고 엄마랑 하는 게임, 아빠랑 하는 게임, 할아버지와 할머니랑 하는 게임 등 많은 것을 가족들과 함께 하는 시간이었다. 평소에도 흥이 많은 친정엄마는 할아버지와 할머니들이 춤추고 노래하는 장기자랑에 나가서 일등을 하고 상품을 가득 받아왔다. 엄마들 단체 게임에서 내가 속한 팀이 이겨서 또 상품을 받았다. 가족들이 게임에 이겨서 상품을 받자, 아들은 덩달아 신이 났다.

"우와! 우리 할머니 춤도 잘 추고, 노래도 진짜 잘하네. 엄마도 훌라후프 진짜 잘하네. 할머니 최고! 우리 엄마 최고!"

아들의 흥분된 목소리에 나도 함께 흥분되고 신이 났다. 운동회가 거의 끝날 무렵 아빠들의 개인 달리기 대회가 있었다. 아들이 나에게 속삭이며 말했다.

"엄마, 큰 삼촌 나이도 많은데 잘 달릴 수 있을까?"

아들 생각에 엄마보다 나이가 더 많은 삼촌이 잘 달릴 수 있을지 걱정이 되었던 것이다. 아이다운 생각에 웃음이 나왔다.

"아들, 삼촌 운동 다 잘해. 어릴 때부터 축구도 하고 야구, 탁구, 달리기 뭐든지 다 잘하니까 걱정하지 말고 우리 응원하자."

달리기 시합을 하기 위해 준비하는 삼촌보다 더 긴장한 얼굴로 응원석에 앉아 있는 아들의 얼굴을 보고 있으니 또 눈물이 났다. 다른 아이들처럼 아빠가 저기 있어야 하는데 그렇지 못한 현실을 만든 내가 또 죄인이 된 것처럼 마음이 아팠다.

총소리에 맞추어 달리기가 시작되었고 후반부 1등으로 달려 나오는 삼촌을 보는 순간 아들은 응원석에서 벌떡 일어나서 박수를 치기 시작했다. 결승점에 오빠가 1등으로 들어왔다. 그리고 아들을 힘차게 안아주었다. 삼촌에게 안긴 아들의 표정은 행복 그 자체였다. 6년 전 그날을 떠올리며 글을 쓰는데도 아직 눈물이 나는 건 뭐지? 감사의 눈물임을 이제는 안다. 아들의 선생님과 친구들이 우르르 몰려와서 아들에게 말했다.

"너는 좋겠다. 할머니도 춤추고 노래해서 상 타고, 엄마도 훌라후프 해서 상 타고, 아빠도 달리기 1등 해서 상 타고 진짜 부럽다."

친구들의 부러움을 한 몸에 받으며 아들은 그저 빙그레 웃기만 했다.

아빠 아니라고 삼촌이라고 말할 줄 알았는데 아들은 무슨 생각인지 아무 말도 하지 않았다. 나는 그런 아들을 꼭 안아주며 눈물을 흘렸다. 환경 탓인지 아들은 일찍 철이 들었다. 또래의 아이들보다 늘 생각이 깊었고 엄마를 위해 주는 마음 따뜻한 아들이기에 친구들 앞에서 아빠 아니고 삼촌이라고 얘기하면 어쩌면 엄마인 내가 속상할까 봐 속으로 말하고 있었음을 나는 안다. 그랬기에 더욱 가슴 아프고 눈물이 흘렀다. 이 순간이 또 감사했다. 비록 또래 친구들보다 일찍 철이 들었지만, 상황을 묵묵히 이겨 내는 아들에게 감사했고, 나와 아들을 위해서 온 가족이 한마음으로 응원해 주는 것도 감사했고, 그렇게 나는 '감사합니다'의 의미를 온몸으로 경험했다.

운동회가 거의 끝날 무렵 어린이집에서 일하는 언니 말대로 가족 최다 참가상을 준비했다는 사회자의 멘트가 나왔다. 운동회 도중 분명히 우리 집보다 많은 인원수의 가족들이 있었는데 중간에 간 사람들이 있는 덕분에 우리가 최다 참가상을 받게 되었다. 아들은 좋아서 어쩔 줄 몰라 했다. 상을 너무 많이 타서 기분이 진짜 좋다고 했다. 아빠가 없는 운동회여서 슬프고 마음 아팠을지도 모르는데 아들은 온 가족이 함께해 준 것만으로도 고맙다고 말할 줄 아는 따뜻한 마음의 소유자였다. 내 아들이라서가 아니라 평소에도 배려와 감사가 몸에 배어있는 멋진 아들은 돌아오는 차 안에서 피곤했던지 쿨쿨 잠을 잤다.

집에 도착해서 가족들과 함께 맛있는 저녁을 먹으면서 오늘 운동회에서 정말 가족의 사랑을 느꼈노라고, 평생 살면서 갚겠다고 어떤 말로도 표현할 수 없는 "감사합니다"를 반복했다. 감사의 인사를 하는 아들을 바라보는 우리 가족들 눈에도 눈물이 고였다.

"나에게는 정말 고마운 하나뿐인 여동생, 먹고 살기 바쁜 오빠를 대신해서 부모님을 모시고, 우리 아이들에게도 든든한 후원자가 되어 주는 멋진 고모, 동생에게도 아낌없이 나누어 주는 착한 누나, 지금부터는 우리가 네 편이 되어 줄게. 너는 지금부터 네 아들하고 행복하게 살기만 하면 돼. 어렵고 힘든 일은 오빠가 도와줄게. 우리는 가족이잖아."

오빠의 속 깊은 말에 나는 또 울보가 되어 버렸다. 지금 이 순간 글을 쓰다 보니 또 눈물이 터졌다. 한 가지 다른 점이 있다면 예전에는 나 자신이 한심하고 현실이 답답해서 흘린 슬픔의 눈물이라면, 이제는 아들과 당당하게 내 삶을 잘 살아내고 있는 대견함에 그리고 바르게 자라주는 아들에게 감사해서 흐르는 감동의 눈물이란 것이다.

글 쓰면서 우는 나에게 아들이 묻는다.

"엄마, 뭐 속상한 일 있어? 왜 울어? 나 오늘 잘못한 거 없는데?"

아들아, 지금은 엄마가 속상해서 우는 게 아니라 이만큼 성장한 엄마 자신에게 이렇게 엄마를 응원해 주는 너에게 고맙고, 감사해서 흘리는 눈물이란다.

"아들, 이제 알겠지? '감사합니다'의 힘이 얼마나 크고 좋은지 말이야."

오늘도 우리 둘은 손 꼭 잡고 우주님에게 '감사합니다.'라고 외치면서 잠자리에 든다.

<엄마의 생각>

어느 날 갑자기 아이가 얘기합니다. 운동회에 아빠가 꼭 와야 한다고, 아빠와의 헤어짐을 말하지 못한 엄마가 제일 먼저 드는 생각은 무엇일까요? 그리고 어떤 표정으로, 어떤 말을 하면 좋을까요?

(예. "아빠가 없어서 속상하지?" / 표현하지 않는 아이의 속마음을 들여다보고 인정하고 "엄마가 고백할 게 있는데 사실 엄마, 아빠가 함께 못 사는 이유를 말

해줄게."하고 아이에게 들을 준비를 하게 하고 최대한 상처받지 않으면서 현실을 바라볼 수 있게 말해준다.)

14. 엄마와 아들의 새로운 도전

삶이란 끊임없이 도전을 만나는 일이다. 평생 계속되는 도전에 맞설 용기를 내는 것, 이것이야 말로 삶의 본질이다. 그러므로 당신은 선택할 수 있다.

순순히 도전에 응하면서 진짜 삶을 살 것인가? 아니면 뒤로 물러나 계속 핑곗거리를 찾으며 가짜 삶을 살 것인가?

- 출처: 알프레드 아들러 원저. 변지영 편저. 『항상 나를 가로막는 나에게』. 카시오페아 -

'미국 여행을 위해서 13일이나 회사를 비울 수 있을까?'

4학년 아들과 함께 10박 12일의 미국 여행을 갈 기회가 생겼다. 태어나서 이렇게 오랫동안 여행을 가는 것도 처음이었고, 회사를 이렇게 오래 비우는 건 아들을 낳고 3개월 출산 휴가 때 외에 처음이었다. 정말이지 나에게는 많은 고민과 용기가 필요했다. 거기다 해외여행은 처음인 아들과 함께 장거리 비행을 한다는 사실 만으로도, 낯선 곳에서 긴 시간을 보낸다는 것으로도 나는 이미 두려웠다.

멀미가 심한 아들도 나만큼 걱정하면서도 가고 싶어 했다. 경비는 미리 준비를 해두었고, 함께 여행하는 팀들 중 아들과 나이가 똑같은 남자아이와 1살 어린 남자아이가 있었기에 어쩌면 이보다 더 좋은 기회가 다시 올까 싶은 마음도 들었다. 미국 여행을 위해서 여름휴가도 가지 않았고 직장에 다니는 나를 배려해서 같이 가는 팀들이 공휴일이 많은 날짜를 택한 2019년 10월 초 나와 아들은 각자 다른 두려움을 안고, 해외여행에 도전했다. 나는 그동안 회사에서 해외연수로 몇 군데를 다녀오기는 했지만, 아들은 제주도 이외에는 비행기를 타 본 적이 없었기에 긴장이 되었다.

드디어 미국으로 떠나는 비행기에 몸을 싣고 기나긴 비행이 시작되었다. 멀미가 심한 아들을 위해 비행기를 타기 전 멀미약을 먹였고, 아들은 영화도 보고 오락도 하고 잠도 조금씩 자면서 그렇게 무사히 미국에 도착했다.

태어나서 처음 와 본 해외여행에 너무 신나 하는 아들을 보니 괜히 또 미안한 마음이 들었다. 다른 친구들은 유치원 때부터 해외여행 다닌다고 늘 자랑했다고 그래서 자기는 제주도에 가고 싶다고 말하던 아들이었다. 아빠가 없으니 엄마가 일을 해야 한다는 사실을 너무 일찍 깨달아서 철이 들어 버린 아들이었기에, 친구들의 여행 이야기를 들으면서도 나에게 보채지 않던 아들의 들뜬 표정을 보면서 마냥 기뻐할 수만 없었다. 이것도 나의 자격지심이겠지. 이런 마음도 잠시 아들이 즐겁다면 나도 당연히 즐겁다는 생각으로 지금부터는 다른 생각 말고 신나게 즐기자고 아들과 약속했다.

여행사를 통한 것이 아닌 자유여행이라 팀들과 함께 렌트카로 이동했다. 나는 평소에도 운전을 좋아하지 않고 운전에도 자신이 없었다. 무엇보다 승용차만 운전해 보았기에 미국에서 큰 차를 운전하는 것이 무섭고 두려웠다. 하지만 장거리를 운전해야 하는 상황이라서 한 명만 운전할 수는 없었다. 나는 운전을 하기 위해 용기를 내었다. 복잡한 시내는 베테랑 운전자가 그리고 신호가 많이 없는 도로는 나와 또 다른 한 명이 번갈아 가면서 운전을 하기로 했다. 승용차가 아닌 차는 처음으로 운전해 보는 나를 위해 밤이 아닌 낮에 운전할 기회를 만들어 주었다. 운전석에 올라앉는데 얼마나 긴장이 되고 겁이 나던지 지금 생각해도 손에 땀이 난다.

"엄마, 괜찮아? 운전 할 수 있겠어? 엄마 큰 차 한 번도 안 몰아 봤잖아?"

뒷좌석에서 나만큼 아니 나보다 더 긴장한 아들이 물었다.

"엄마가 좀 겁나기는 하지만 한번 해 볼게. 아들도 보고 있는데 도전 한번 해 봐야 하지 않겠어? 그리고 엄마 옆에는 베테랑 운전자 있으니 걱정하지 마. 천천히 가 볼게."

정말 겁나고 두려웠지만 여기까지 와서 다른 사람들에게 피해를 주면 안 된다는 생각과 아들이 지켜보고 있으니 겁이 났지만, 도전을 멋지게 해내는 엄마임을 보여 주고 싶었다. 그렇게 한 시간 정도 차를 운전하다 보니 베테랑 운전자의 말처럼 차가 크니 앞이 잘 보여서 좋았고 안정감도 있었다. 이렇게 미국에서의 나의 첫 운전은 무사히 마무리할 수 있었다.

여행하는 내내 새로운 곳을 구경하고, 새로운 음식을 맛보고, 새로운 문화를 체험하고 모든 것이 도전 그 자체였다. 가리는 음식이 많은 나와 아들에게 미국에서 먹는 음식들 또한 도전의 대상이었다. 향이 강한 음식을 싫어하는 나와 아들은 서로가 서로에게 힘이 되어주면서 하나씩 몸으로 체험했다. 미국에서 마트도 가 보고, 정말 궁궐 같은 숙소에서 잠도 자고, 농구장이 딸린 숙소에서 뛰어 놀기도 하며, 세상에 태어나서 한 번도 경험하지 못한 것들을 매일 매일 경험해 나갔다.

익숙한 것을 좋아하던 아들과 나는 조금씩 적응해 가기 시작했다. 나를 닮아 겁도 많고 무서움도 많은 아들이었지만, 아이라서 그런지 나보다 적응을 더 잘하는 것 같기도 했다. 그런 아들이 디즈니랜드에서 귀신의 집에 가 보고 싶다고 했다. 사실 나는 겁이 나서 가고 싶지 않았지만, 미국까지 와서 아들이 가고 싶다는 곳을 엄마가 무섭다는 이유로 못 간다면, 아들이 이런 엄마의 모습을 보면서 새로운 도전에 더 두려움을 가질까 봐 용기 내서 들어갔다. 디즈니랜드 귀신의 집은 어둡기는 했지만 생각보다 무섭지는 않았다. 오히려 이월드 귀신의 집이 더 무섭다는 생각이 들었다. 그렇게 나는 자신감 있는 엄마의 모습을 보여 주기 위해 새로운 도전 하나를 또 성공했다.

하루 종일 구경하느라 피곤했을 법한 아들은 밤늦도록 옆에서 재잘거렸다.

"엄마, 엄마 회사에서 해외연수 많이 갔어도 미국은 처음이지? 그리고 우리 둘이 이렇게 오랫동안 집 나온 것도 처음이지? 나 학교 이렇게 오래 안 가는 것도 처음이지?"

뭐가 그렇게 궁금한 게 많은지 나는 빨리 자고 싶은데 아들은 계속 이야기를 했다.

"그래, 엄마도 미국도 처음이고 너 낳고, 출산 휴가로 3개월 쉰 거 말고는 이렇게 오랫동안 회사에 안 간 것도 처음이고 집 나온 것도 처음이야. 너는 학교 안 가는 게 제일 좋지?"

"당연하지. 여행도 좋은데, 학교 안 가는 것도 너무 좋아."

역시 아들의 생각에 100% 공감할 수 있었다. 나도 학교 다닐 때는 공부가 하기 싫었고, 때로는 학교를 안 가고 싶을 때도 있었다. 지금 회사를 다니면서도 회사 가기 싫을 때가 있으니 당연한 질문을 했구나 싶었다.

신나게 재잘대던 아들은 어느새 내 옆에 꼭 붙어서 잠이 들었다. 낯선 곳에서 잘 못 자는 것도 엄마인 나를 닮은 아들이었다. 이틀은 고생을 했는데 3일째부터는 미국이라는 곳이 워낙 넓어서 차로 이동하는 시간도 많고, 여행을 다니면서 걷다 보니 아들도 나도 잘 잤다. 물론 집처럼 편안하게 잔 건 아닐 테지만 그래도 조금씩 적응해 가고 있었다.

아들에게 좀 더 넓은 세상을 구경시켜 주고 싶었고, 나 또한 새로운 경험에 도전해 보고 싶었다. 우리 둘만의 또 하나의 추억을 만들고 싶어서 선택한 미국 여행! 익숙한 것을 좋아하는 나에게는 정말 새로운 도전이었다. 항상 나보다 가족이 먼저였고, 남의 시선을 많이 의식하며 살아온 나에게 쉽지 않은 도전인 미국 여행에서 나는 아들에게 큰 선물을 줄 수 있는 엄마가 되어 있었다.

돌아오는 비행기 안에서 아들에게 미국 여행이 어땠는지 물었다.

"엄마 진짜 재미있었어. 사실 할머니가 보고 싶을 때도 있었지만 엄마가 같이 있어서 좋았고, 주말 아닌데도 엄마랑 하루 종일 있어서 좋았고, 큰 차 운전하는 엄마가 너무 멋있었어. 엄마 돈 많이 들었을 텐데 혼자 안 오고 나 데리고 와 줘서 고마워. 엄마, 우리 2년 뒤에 또 오자."

주말이 아닌데도 하루 종일 나랑 있어서 좋았다는 아들의 말에 또 한 번 눈시울이 붉어졌다. 부족한 엄마이지만 아들에게는 그저 함께 있는 게 좋았구나. 큰 차를 운전하는 내가 멋있게 보였구나. 이렇게 아들은 나를 좋아해 주는구나. 엄마만 있으면 좋다는 아들을 보면서, 이혼을 선택한 이후, 늘 내 마음 한구석에 있던 아들에 대한 미안함이 조금씩 줄어들고, 감사한 마음이 커져갔다. 미안한 마음을 덜어내주는 아들에게 고맙고, 이렇게 아들을 반듯하게 잘 키워주신 부모님께 감사한 마음으로 아들과 나는 미국이라는 먼 나라 여행에 도전장을 내밀고 당당히 싸워 이겨 내고, 돌아올 수 있었다. 정말 행복한 시간이었다.

<엄마의 생각>

익숙한 것을 좋아하는 엄마는 새로운 도전에 겁이 나지만 아들을 위해서 용기를 내야 할 때, 제일 먼저 드는 생각은 무엇일까요? 그리고 어떤 엄마로 기억되고 싶은가요?

(예. "해외 여행 처음인데 우리 잘 보낼 수 있을까?" / 두렵지만 설렘 가득한 아들을 바라보면서 "엄마가 너보다 더 무섭고 겁나지만 너를 위해서 도전해 볼게." 하고 아들에게 당당한 엄마의 모습을 보여 주고, 그로 인해 아들도 새로운 도전을 할 수 있게 용기를 준다.)

15. 너와 함께라서 엄마는 행복해

낳았다고 그냥 엄마가 되는 건 아니라고 하지요. 그렇다고 처음부터 완벽한 엄마일 수도 없고요.

그러나 진심으로 사랑하고, 그 사랑을 표현하는 매일이라면 남들처럼 하지 않아도 참 좋은 부모일 수 있습니다. 남들처럼 완벽하지 않아도 참 좋은 내 아이인 것처럼. "너 땜에 못 살아!"라고 외치지만 우리는 잘 알고 있잖아요. "너 땜에 살고 있다."는 것을요. 사랑하지만 안 예쁜 때도 있는 겁니다.

- 출처: 이지영 지음. 『엄마의 소신』. 서사원 -

'나 지금 괜찮은 엄마인가? 내 욕심으로 아이를 힘들게 하는 것은 아닐까?'

어릴 때부터 유치원 선생님이 되고 싶었던 나는 유난히 아기들을 좋아했고, 아기들 역시 나를 잘 따랐다. 그래서 누구보다 좋은 엄마가 될 자신이 있었고 또 좋은 엄마가 되고 싶었다. 내 나이 35살 겨울에 아들이 찾아왔고 36살이라는 조금은 늦은 나이에 엄마가 되었다.

아이를 좋아하는데다가 늦은 나이에 찾아온 아들이 얼마나 귀하고 예쁘기만 했을지 말하지 않아도 알 수 있지 않을까? 여느 엄마들과 마찬가지로, 아들이 태어난 후 내 삶의 1순위는 아들이었다. 입덧이 심했던 탓인지 아들은 작게 태어났고 잘 먹지도 않았고 잠도 없었고 조그만 소리에도 반응했다.

3개월의 출산 휴가 뒤 복직을 하던 날 아들을 두고 출근하는 발걸음이 얼마나 무겁던지, 친정엄마가 다 키워주시고 나는 그저 옆에서 함께 있기만 했는데도 아들이 눈에 밟혀서 퇴근 시간만 기다렸다. 내가 얼마나 극성 엄마인지 다른 사람들도 알 수 있을 정도였다.

아이 아빠는 지방에 있어서 주말에 오고 어느 때는 한 달에 한 번밖에 오지 않았다. 나는 매일 출근을 하니 자연스레 아들은 할머니 손에서 자랐다. 할머니가 봐 주시는 덕분에 아들은 이집 저집 옮겨 다니지 않고 편안하게 자랄 수 있었다. 지금도 여전히 아들에게 할머니는 최고의 양육자다. 나 역시 아들이 친정에 있으니 굳이 아무도 없는 집으로 가지 않았다.

아이 아빠는 아들에게 별다른 관심이 없었다. 아들을 좋아하는 건지 전혀 알 수가 없을 만큼 표현을 하지 않았다. 오히려 아이가 아플 때마다 짜증을 냈다. '이 사람 뭐지? 어떻게 자기 아들인데 이렇게 무관심할 수 있지? 아들을 사랑하기는 하는 걸까?'

언제나 나는 그게 궁금했고 불만이었다. 그런데 살다 보니 남편이 왜 그런지 알게 되었다. 어릴 때 집을 나와서 부모님과 함께 있는 시간보다 혼자 있는 시간이 더 많았던 아이 아빠는 남과 함께 하는 생활이 편하지 않았던 거다. 게다가 자신의 마음을 잘 표현하지 않는 사람이었다. 결혼 초기부터 우리 부부는 삐걱거리기 시작했고 결국 헤어졌다. 누구보다 아들에게 좋은 가정을 만들어 주고 싶었다. 그리고 엄마, 아빠의 사랑을 받으며 행복하게 자랄 수 있도록 해 주고 싶었지만 그러지 못한 내가 죽을 만큼 미웠다. 어떤 길이 아들을 위한 길인지 수백 번 아니 수천 번 생각했다.

4살이었던 어린 아들이 무엇을 알고 선택할 수 있을까? 아들을 위한 길이라는 명분 아래 나는 내가 살아야 했기에 싱글맘의 길을 선택할 수밖에 없었다. 그러면서 속으로 다짐하고 또 다짐했다. 어떤 상황에서도 아들에게 최선을 다하는 엄마가 되겠다고. 나름대로 잘 살아왔고 착하게 살았다고 생각하던 나에게 싱글맘이라는 낙인은 큰 상처가 되어 돌아왔다. 어쩌면 아들은 나보다 더 큰 상처를 받을지도 모른다는 생각에 순간 겁이 났다. 아빠 없는 아들이라고 무시당하고 부모가 이혼했다고 손가락질당하고 TV에서 보던 이야기들이 생각났다.

이 글을 쓰면서 가만히 생각하니 어쩌면 아들의 상처가 걱정된다는 건 핑계일 뿐이고 그래도 괜찮은 직장에서 돈 잘 버는 내가 이혼녀의 꼬리표를 달고 싱글맘이 되었다는 것이 더 겁이 난 건지도 모르겠다. 그렇게 나는 싱글맘이 되었고, 그 사실을 아들이 초등학교에 들어가기 전까지 아들에게도 말하지 않고 살았다. 내 주위 사람들에게도 굳이 말하지 않았지만, 눈치 채지 않았을까 싶다. 뭔가 부족한 느낌, 말로 하지 않아도 알 수 있는 어떤 느낌으로 말이다.

이혼한 그해는 정말 죽을 것처럼 힘이 들었다. 아들만 없다면 모든 걸 다 버리고 도망가고 싶었다. 아무도 나를 알아보지 못하는 곳으로 떠나고 싶은 마음만 가득했다. 내 삶은 엉망진창이 되었다. 하지만 나는 내가 지켜야 할 아들이 있었다. 살아야 했다. 예전보다 더 독하고 강하게 살아내야만 했다. 감사하게도 나는 친정 부모님의 도움을 받으면서 세상에 하나뿐인 나의 소중한 보물을 지켜내기 위해 악착같이 살았다.

지난 시간을 돌이켜 보니 아들이 4살, 5살 때는 그래도 어려서 좀 편안했던 기억이 난다. 그런데 아들이 6살이 되니 제일 큰 문제가 목욕탕이었다. 이제는 다 커버린 아들을 여탕에 데려갈 수 없으니 답답했다. 우리가 사는 집은 빌라였고, 1층이라 여름은 괜찮은데 겨울에는 많이 추웠다.

어느 겨울 주말, 목욕탕에 열풍기도 틀고 뜨거운 물도 계속 틀어 놓고 아들을 씻기는데 아들이 춥다고 짜증을 부렸다. 순간 나도 모르게 아들에게 큰 소리를 내고 말았다.

"누가 추운 거 몰라? 그러니까 엄마가 할아버지 따라 목욕탕 가라고 하는데 왜 이렇게 말을 안 들어? 이제 엄마랑 갈 수도 없는데 도대체 엄마한테 어떻게 하라는 거야? 왜 이렇게 말 안 듣고 짜증 내?"

나의 큰 목소리에 아들은 울면서 나에게 안겼다.

"엄마 미안해. 내가 잘못했어. 이제 할아버지 따라 목욕탕 갈게. 그러니까 혼내지 마."

아들의 말에 내가 무슨 짓을 하고 있는지 번쩍 정신이 들었다. 왜 이 상황에 아들에게 화를 내고 아들 탓을 하는지. 다시 한 번 가슴이 무너져 내렸다. 바보처럼 아들을 안고 울었다. 이러다 내가 정말 아들을 제대로 못 키울까 봐 겁이 났다. 그렇지만 나는 내가 스스로 한 선택이기에 모든 상황을 받아들이고 이겨 내야 했다. 그래야 아들에게 떳떳한 엄마가 될 수 있으니까. 이렇게 나 자신을 원망하고 미워하며 또 한 번의 폭풍우를 보냈다.

그해 여름휴가 때 아들과 워터파크에 갔다. 다행히 우리가 찾은 워터파크는 엄마와 둘이서만 오는 아들, 아빠와 둘이서만 오는 딸을 위해 도와주는 직원들이 있었다. 얼마나 감사했는지 모른다. 아직 어린 아들이 미로 같은 통로를 혼자 찾아 나올 수 있을까 걱정하고 있었으니까 말이다. 싱글맘, 싱글대디를 위해 이렇게 조건들이 잘 갖추어진 워터파크도 있었지만 그렇지 않은 곳도 있었다. 이런 도움을 주는 직원들이 없는 워터파크에 아들과 함께 가게 되었을 때 나는 또 한 번 내가 부족한 엄마임에 자책할 수밖에 없었다. 수영복을 갈아입히고 남자 탈의실을 통과하는 통로를 계속해서 설명했지만, 아들은 이미 잔뜩 겁을 먹고 있었고 말을 하는 내 마음도 역시 불안했다. 그런 우리를 쳐다보던 마음씨 좋은 아저씨가 나에게 아들을 데리고 나가 줄 테니 걱정하지 말고 준비해서 나오라고 하셨다. 정말 감사했다. 그렇게 나는 후다닥 여자 탈의실을 통과해서 나갔다. 그분은 감사하게도 내가 나올 때까지 아들의 손을 잡고 기다리고 계셨다. 이렇게 좋은 분도 계시는구나 싶은 마음에 또 주책없이 눈물이 났다. 아저씨에게 감사하다고 인사드리고 아들과 신나게 놀고 들어오는 길에 또 한 번 탈의실 앞에 서서 걱정을 했다. 아들이 나에게 말했다.

"엄마, 걱정하지 마. 아까 나올 때 길 잘 봐 뒀어. 내가 길 잘 찾는 거 알지? 엄마가 수영복 물기만 닦아주면 내가 먼저 나가서 기다리고 있을게."

아! 이건 또 뭔가? 걱정만 하는 나는 아들보다 못했다. 어느새 철들어 버린 아들에게 고맙고 미안했다. 아이답게 자라지 못하고 철이 들어버린 아들을 볼 때마다 마음이 아팠다. '이것도 못난 엄마 탓이

겠지. 너에게서 너무 많은 걸 빼앗았다는 생각에 이제는 죄책감마저 드는구나.'

나는 역시 엄마 될 자격이 없는가 보다. 아빠가 없어서 아들이 힘든 일을 겪을 때마다 나는 나 자신을 미워하고 자책했다. 나의 선택이 정말 아들을 위한 것이었을까? 제일 먼저는 내가 살기 위한 선택이었지만, 돌이켜 생각하면 아들을 위한 선택이기도 했다. 매번 싸우고 부수고 때리고 맞는 폭력적인 가정 속에서 아들을 키우고 싶지 않았기에 선택한 길이었다.

아들이 7살 되던 겨울, 초등학교 입학 전에 나는 아들에게 사실을 말했다. 어떻게 얘기해야 할지 어디서부터 얘기해야 할지 두려웠다. 가장 편안한 기억이 있는 곳인 우리 방에서 단둘이 앉아서 있는 그대로 이야기를 했다.

"아들, 지금부터 엄마가 하는 말 잘 들어. 듣다가 잘 모르겠으면 엄마한테 다시 물어보고." 심각한 내 표정에 아들은 고개만 끄덕였다.

"아들, 아빠가 왜 자주 안 오는지 궁금하지 않아?"

"아빠 일도 바쁘고 멀리 있어서 자주 못 오는 거잖아."

"아니야. 그동안 엄마가 너한테 말하지 못한 사실이 있어. 사실은 말이야. 엄마랑 아빠가 너 4살 때 이혼했어. 엄마랑 아빠가 잘 살려고 했는데 둘이 너무 맞지 않았어. 아빠가 엄마를 자꾸 의심하고 폭력도 사용하고. 그래서 엄마가 사는 게 너무 힘들었어. 이렇게 살다가 죽을 수도 있을 것 같아서 이혼하면서 너 데리고 나왔어. 미안해. 니가 너무 어려서 너한테 물어보지도 않고 엄마 마음대로 이혼했어. 지금이라도 아빠한테 가고 싶으면 가도 괜찮아." 절대로 아들을 놓을 수 없으면서 마음과는 다르게 말을 하고 있었다.

"엄마, 나 아빠한테 안 가고 엄마랑 살 거야. 엄마가 더 좋아. 그리고 엄마가 아빠한테 맞고 사는 건 나도 싫어. 아빠 나빠. 나 엄마랑 평생 살 거야." 아들의 말에 가슴이 먹먹해지면서 또 눈물샘은 수도꼭지가 되어 버렸다. 아들을 가슴에 꼭 안고 정말 많이 울었다. 울다 지쳐서 둘이 잠들어 버릴 만큼 그렇게 아프고 슬프게 울었다.

그날 이후 아들은 예전보다 더 의젓해지고 엄마인 나에게 그림자처럼 있어 주었다. 아들에게 사실을 얘기하고 나니 내 마음도 편해졌다. 그 이후부터는 아들과 서로 울지 않겠다고 약속했고, 예전처럼 웃는 날이 많아졌다.

어느 책에서 이런 글을 본 적이 있다.

"아들이 7살이면 엄마도 7살이에요. 엄마 나이는 엄마 인생에서만 나이인거죠."

맞는 말이었다. 김민주로 살아온 40년은 그냥 김민주였다. 아들의 엄마로 살아온 세월은 똑같은 7년. 그러니까 7살 엄마가 이 정도면 충분히 잘하고 있는 거 아닌가? 7살 아들과 7살 엄마는 서로가 서로를 이해하고 사랑하면서, 때로는 싸우기도 하고 토라져서 말도 안 하기도 하면서 그렇게 세상을 살아가는 법을 배워 가고 있다. 누군가 나에게 이혼녀라고 손가락질해도 싱글맘이라고 수군거려도 이제 나는 아무렇지도 않다.

너희들, 이혼해 봤어? 나는 해 봤다.
너희들, 싱글맘 돼 봤어? 나는 돼 봤다.
너희들, 엄마를 이렇게 이해하고 사랑해 주는 아들 있어? 나는 있다.

나는 초보 엄마지만, 진짜 괜찮은 엄마라고 자부심을 가져 본다. 그리고 이런 엄마에게 늘 힘이 되어 주는 아들에게 세상 어느 누군가가 힘들게 하더라도 그 방패가 되어 줄 준비가 되어 있다.

<엄마의 생각>

이혼을 선택한 것을 아이에게 이야기해 줄 때, 당신은 제일 먼저 어떤 생각이 들 것 같나요? 그리고 어떤 말을 해 줄 수 있을까요?
(예. "아들, 미안해. 너에게 물어보지도 않고 엄마 혼자 그냥 이혼을 선택한 거." / "엄마가 너보다 더 무섭고 겁나지만 너를 위해서 도전해 볼게." 아들에게 당당한 엄마의 모습을 보여 준다.)

16. 엄마와 아들의 경제 놀이터

우리는 흔히 '돈을 밝힌다'라는 말을 비난조로 쓰곤 한다.

하지만 돈은 밝혀야 한다. 어렸을 때부터 돈을 밝히고 집안의 경제 사정에 대해서도 잘 아는 아이로 교육해야 자기의 돈을 잘 지키고 유지하고 키우는 사람으로 성장한다.

- 출처: 김금선 지음. 『내 아이의 부자수업』. 한국경제신문 한경BP -

'삶에서 가장 중요한 건 돈이 아닐까? 이런 생각을 하면 너무 속물인가?'

어린 시절 우리 집은 부자는 아니었지만 밥을 못 먹을 정도로 가난하지는 않았다. 남의 땅을 빌려 농사를 지으면서 우리 삼 남매를 키우신 부모님은 무척이나 부지런하셨다. 오빠와 나, 그리고 남동생 우리 삼 남매는 4살, 3살 터울이었기에 고등학교를 들어가고 대학교를 들어가는 시점이 거의 맞물려 있었다.

오빠는 대학을 가고 남동생이 중학생이 되는 시점에 나는 고등학교 진학을 앞두고 있었다. 중3 담임선생님은 나에게 인문계를 권하셨지만, 부모님을 생각해서 실업계 고등학교(예전에는 여상으로 불렸다)를 지원했다. 나는 실업계 고등학교로 가서 졸업하고, 빨리 취직해서 돈을 벌고 싶었다. 집안에 조금이나마 도움이 되는 딸이 되고 싶어서였다. 지금 생각해 보면 부모님이 우리에게 돈이 없다고 직접적으로 얘기는 안 하셨지만 느낌으로 나는 알아차린 것 같다.

중학교 때까지 공부를 잘하던 나였기에 나보다 성적이 좋지 못한 친구들이 인문계 고등학교로 가서 대학입시를 준비하는 모습을 보면서 속상하고 아쉬운 마음이 들었다. 훗날 돈 벌어서 나중에 야간 대학이라도 가겠다는 마음으로 실업계 고등학교에 들어가게 되었고, 나는 고3 후반부에 공채 시험을 통해 지금 다니는 새마을금고에 입사했다.

그렇게 나는 19살부터 내 돈은 아니지만 남의 돈을 많이 만지는 일을 했다. 직장을 다니면서 진짜 부자인 사람도 많고, 가난한 사람도 많다는 사실을 알게 되었다. 나는 성실하게 직장생활을 하면서 월급을 차곡차곡 모아서 저축도 하고, 보험도 넣고, 부모님께 용돈도 드리면서 돈을 모으는 평범한 직장인이었다.

결혼하고 아이를 낳고는 자연스레 지출이 많아졌다. 처음에는 둘이 벌면 더 많이 저축할 거란 생각을 했다. 그런데 그 반대 상황이 되었다. 그리고 얼마 되지 않아 싱글맘으로, 워킹맘으로 아들을 키워야 하는 상황이 되었다. 원래부터 나에게 돈을 쓰는 게 인색했던 나는 싱글맘이 된 이후 더더욱 인색해지기 시작했다. 부모님께 드리는 수고비, 아들에게 필요한 물건, 아들에게 들어가는 돈은 하나도 아깝지 않았는데 유난히 나에게 쓰는 돈은 그렇게 아까울 수가 없었다. 삼남매를 키우느라 늘 바쁘게 애쓰신 부모님은 우리에게 경제적인 부담을 주지 않기 위해 많이 애쓰셨다. 그런 모습을 보면서 어쩌면 나도 당연히 돈을 아끼면서 살았던 것은 아닐까 싶다.

그런 내가 달라진 건 아들이 태어나면서부터이다. 엄마라는 이름으로 아들에게 경제적인 부분만큼은 힘이 되어 주고 싶었기에 더 열심히 일했고 저축했다. 어른들이 말씀하시기를 아이가 어릴 때 저축을 많이 하라고 했다. 크면 학원도 가야 하고 돈 쓸 때가 많아진다면서 그렇게 말씀하셨다. 아들이 조금씩 커 가면서 진짜 돈 들어갈 때가 생기기 시작했다. 집에만 있을 때는 내복만으로도 충분했지만, 어린이집을 가기 시작하면서부터 원비에 옷 등 많은 돈이 들어갔다. 학교에 가면서 사교육비뿐만 아니라, 이것저것 사고 싶은 것도 많아지기 시작했다. 그래서 더욱 돈을 많이 벌어야겠다는 생각이 들었다. 이런 나를 닮았는지 아들은 명절에 가족들로부터 조금씩 돈을 받게 되면 항상 저금하라고 나에게 주었다. 그리고 며칠에 한 번씩은 나에게 통장을 가지고 오라고 하면서 확인을 했다. 아들은 나를 닮아서 그런지 돈을 아끼고 저축을 잘했다. 그런 아들에게 경제 교육을 가르쳐야겠다는 생각이 들었다. 나를 통해 저축하는 것은 자연스럽게 아들이 배웠지만, 어떻게 써야 하는지는 잘 모르는 것 같았다. 내가 잘 몰랐던 것처럼…….

어느 날 학교에서 돌아온 아들이 나에게 물었다.

"엄마, 우리 집에 돈 많아?" 갑자기 집에 돈이 많냐고 물어보는 이유가 궁금했다.

"오늘 친구가 자기 집에 돈이 많다고 자랑하길래. 나도 우리 집에 돈이 많은지 궁금했어."

"그랬구나. 아들 생각에는 돈이 얼마 있으면 많은 거 같아?"

"천만 원?" 헉! 역시 아이다운 생각이었다.

"그럼 엄마는 돈 많은 거 맞는데. 부자인데."

"엄마 돈 많구나. 얼마나 있어?" 아들은 내가 돈이 많다고 말하자 신이 나서 다시 물었다. 나는 나의 월급, 그리고 매월 들어가는 돈, 저금하는 돈, 보험료 납입 금액 등에 대해서 아들에게 알려주었다. 친정엄마가 말씀하셨다. 아이한테 돈 얘기 그렇게 자세히 안 해도 된다고. 그랬다. 역시 옛날 어른들은 아이들한테 돈 얘기하는 게 좋은 건 아니라는 생각을 하고 계셨다. 나는 좀 달랐다. 어쩌면 싱글맘이기에 아들에게 상황을 알려주어야 한다는 생각이 있었는지도 모르겠다. 그렇게 내 이야기를 다 듣고 난 후 아들이 말했다.

"내일 학교 가서 돈 많다고 자랑하던 친구한테 말해줘야지. 우리 집도 돈 많다고." 주먹을 불끈 쥐는 아들을 보니 웃음이 나왔다.

"그래. 아들, 우리 집 돈 많아. 그리고 무엇보다 돈이 없으면 요즘 세상은 살아갈 수가 없단다. 니가 커서 스스로 독립할 때까지 경제적으로 부족함이 없도록 살기 위해 엄마가 노력하고 있어." 진짜 그런 엄마가 되기 위해 나는 돈 공부도 시작했다. 세상에 대 놓고 돈 공부를 하는 곳이 있을까 싶겠지만 그런 곳이 있다. 나는 그런 곳에서 돈 공부를 하고 마음공부도 한다. 그렇게 더 내가 단단해져 가면서 아들에게 가치 있는 소비도 알려 주는 멋진 엄마가 되어 가는 중이다.

"엄마, 나 돈 모아 놓은 거 나중에 커서 대학 갈 때 쓸 거야. 할아버지, 할머니 생신 때 엄마도 용돈 드리고 삼촌들도 용돈 드리는데 나까지 꼭 줘야 해? 나 돈 쓰는 거 별론데." 나는 아들의 이야기를 듣고 가치 있는 소비를 알려주어야겠다고 생각했다.

"아들 말이 맞아. 부지런히 잘 모으고 있는데 돈 쓰는 거 아깝지? 그런데 돈은 자꾸 모으기만 한다고 모이는 게 아니야. 써야 할 때는 써야 하는 거야. 할아버지, 할머니 덕분에 엄마랑 너랑 편안하게 한 집에 살고 있으니까 감사하다는 마음으로 생신날은 엄마랑 너랑 따로 용돈을 드렸으면 좋겠어. 아마 할아버지, 할머니도 많이 좋아하실 거야. 대신 용돈을 얼마나 드릴지는 네가 결정해. 니 돈이니까." 한참을 생각하던 아들은 "엄마 말 듣고 보니 맞는 거 같아. 할아버지, 할머니 안 계시면 엄마가 회사에서 돌아올 때까지 매일 나 혼자 있어야 하잖아. 그건 아직 좀 무섭고 싫어. 나 아직 가스레인지 불도 못 만지고. 그래서 밥도 엄마 올 때까지 굶어야 하잖아. 엄마, 나 십만 원씩 생신날 드릴게." 아들의 말에 미안하기도 하고 고맙기도 하고 여러 마음이 교차하면서도 아들이 참 많이 자랐구나 싶었다. 속으로 감격하고 있는데 아들이 한마디 더 했다.

"참, 엄마 생일날도 내가 용돈 십만 원 줄게. 그걸로 엄마 사고 싶은 거 사." 생각지도 못한 아들의 말에 눈물이 났다.

"괜찮아. 아들 엄마는 아직 돈 벌고 있으니까 나중에 엄마가 할아버지, 할머니처럼 나이 들어서 돈 못 벌 때 그때 용돈 줘. 아들 마음은 고맙게 받을게. 그리고 엄마 생일날 필요한 거 있음 사 달라고 말할게. 그럼 용돈도 좀 아낄 수 있을 거야."

"나 진짜 엄마한테는 주고 싶은데. 안 아까운데 엄마도 나한테 다 해 주잖아." 이 맛에 아이를 키우는가 보다.

내 생일날 아들에게 머리핀을 선물해 달라고 했다. 아들과 함께 가서 예쁜 걸로 골라 달라고 했더니 거금 2만 원을 투자해서 아들이 예쁜 머리핀을 선물해 주었다. 아들이 편지와 함께 선물해 준 머리핀은 어떤 선물보다 나에게 귀하고 소중한 물건이었다. 가치로 환산을 해도 최고 중의 최고였다.

또 한 가지 생활 속 나의 경제 교육은 마트에 장을 보러 갈 때 웬만하면 아들과 함께 간다. 가기 전에 사야 할 것을 미리 메모해서 구입하고, 가격도 비교해본다. 어느 때는 나보다 할인 가격을 더 잘 체크 하는 아들에게 놀라기도 한다. 원 플러스 원 상품을 잘 찾아내는 아들이 신기하기도 하다. 이렇게 생활 속에서 자연스럽게 우리는 함께 돈 공부를 한다.

서로가 서로에게 힘이 되어 주는 엄마와 아들로, 지금처럼 손잡고 장 보러 갈 수 있는 엄마와 아들로, 살아가고 있음에 감사하다. 그리고 나는 아직도 여전히 모든 삶을 배우면서 살아간다. 아들에게 좀 더 지혜롭고 멋진 엄마가 되기 위해서, 앞으로 살아갈 세상 속에서 아들에게 행복을 선물할 수 있는 엄마가 되기 위해서 지금 이 순간도 나는 졸리는 눈을 비비면서 글을 쓴다.

엄마가 행복하면 아이도 행복하다는 것을 이제는 알기에, 그리고 믿기에.

<엄마의 생각>

엄마에게 "우리 집 부자야? 돈 많아?"라고 물어보는 아들을 볼 때 제일 먼저 드는 생각은 무엇인가요? 그리고 어떤 말을 해주고 싶나요?

(예. "우리 집에 돈이 많은지 왜 궁금해?" / 아들이 질문한 이유를 물어보고 있는 그대로 얘기해주고 앞으로 돈을 벌 수 있는 일과 시간이 많다는 것을, 그리고 돈을 잘 쓰는 법도 가르쳐 주는 엄마로 살아갈 것이다.)

17. 골라 보는 재미를 느껴보자!

독서 편독은 나쁘지 않다. 자연스럽게 아이에게 다양한 책의 맛을 알려준다.

아이가 특정분야의 책을 주로 보는 것은 그 분야의 책이 재미있기 때문입니다.

아이가 좋아할 만한 다른 장르의 책을 부모님이 먼저 읽어본 후에 자연스럽게 아이에게 추천해 주세요.

- 출처: 이상학 지음. 『나중에 후회 없는 초등학부모 생활』. 사람in -

'책을 읽을 때마다 한 분야만 보는 것은 무슨 이유일까? 이대로 괜찮은가?'

아이들에게 많은 책을 읽게 하고, 교과 공부에도 도움을 주고 싶은 것은 모든 엄마들의 마음일 것이다. 나는 아들을 가졌을 때 일을 한다는 이유로 특별한 태교를 하지 못했다. 다른 엄마들처럼 좋은 음악을 듣고, 태교 서적을 읽고, 여행을 다니고, 휴식을 취하고 이런 태교를 하지 못했기에 아들이 태어나서 지금까지 자라면서 가끔 속상한 일이 생기면 모든 게 내 탓인 것만 같아서 미안했다.

태교를 제대로 못 해 준 그 시절을 보상이라도 해 주고 싶은 마음에 어린 아들에게 나는 최대한 많은 책을 읽어 주고 싶었다. 퇴근하고 돌아와 피곤한 몸이었지만, 잠들기 전에 꼭 책 한 권씩을 읽어 주었다. 아들이 자라면서 한 권 읽고 또 읽어 달라고 하면 또 읽어 주고, 어떤 때는 서너 권씩 읽어 주다가 같이 잠이 들었다.

그런데 아들이 어린이집에 들어가고 나도 조금씩 일이 많아지고 바빠지면서 잠들기 전에 책 읽어 줄 시간이 줄어들기 시작할 즈음에 아들과 같은 어린이집에 다니는 친한 아이의 엄마가 학습지를 하고 있음을 알게 되었다. 아들의 친구 엄마를 통해 자연스레 책을 소개받았고, 아들이 혼자서 책을 들을 수 있는 북패드에 대해 소개를 받았다. 북패드는 지금의 책 읽어 주는 유튜브 채널이라고 생각하면 될 것 같다.

아이의 연령대에 맞추어 여러 종류의 책들이 북패드 속에 있으니 엄마인 내가 집에 없어도 혼자서 틀어놓고 들을 수 있는 교육용 프로그램이었다. 일주일 체험 후 아들이 하겠다고 해서 계약을 했다. 아들은 북패드를 좋아했다. 그러면서 자연스레 종이책들도 구매하게 되었다. 아들이 원래 곤충을 좋아하고, 관찰하는 것을 좋아하는 것을 알고는 있었지만 북패드를 통해 아들이 읽은 책 목록을 보고 나는 당황했다. 대부분 과학 관련 동화, 수학 관련 동화였다. 영상도 마찬가지였다.

엄마인 내가 볼 때 책을 골고루 볼 수 있을 거라는 기대로 북패드를 선택한 것이었는데 종이책이 아님에도 불구하고 아들은 좋아하는 것에 집중하고 있었다. 대부분 사람이 좋아하는 것을 할 때는 재미있어하고 집중을 잘한다. 아들도 마찬가지였다. 과학 분야 책은 보고 또 보면서, 다른 분야의 책은 잘 읽지 않았다. 엄마인 내 욕심은 언어 능력 키우기, 사회가 어렵다고 하니 사회 분야 책들을 읽기를 원했는데 나의 계획이 빗나갔다. 북패드에는 여러 분야의 책이 있으니 자연스럽게 내가 말하지 않아도 읽을 거라는 생각은 나의 크나큰 착각이었고, 욕심이었다.

한 번씩 언어 관련 책이나 사회 관련 책을 읽어 주면 재미없다며 보지 않았다. 위인전도 어렵다는 이유로 잘 보려고 하지 않았다. 다른 사람들에게 물어보니 만화로 된 책을 사 주면 잘 볼 거라고 해서 기대를 안고 여러 분야의 만화로 된 책을 구입했지만, 역시 아들은 과학 분야만 종이가 닳도록 읽었다.

'어떻게 해야 하지? 우리 아들 먹는 것도 편식하더니 책도 편식하나? 앞으로 크면 위인전도 읽어야 하고 특히 국어가 중요한데, 거기다 사회는 어려워서 바로 공부하는 것보다 책을 통해 미리 배경 지식을 쌓아야 하는데…….'

엄마인 나는 여러 걱정이 많았지만 아들은 아무 생각이 없는 듯 보였다.

초등학교 입학 후, 아들의 학교 도서관에서 엄마들과 같이 학교 수업을 마치고 나오는 아들을 기다리면서 이런저런 얘기들을 나누었다. 나는 아들이 과학 분야 책만 읽어서 속상하다고 했는데, 어느 엄마는 과학 분야 책을 읽히고 싶은데 매번 언어 분야나 위인전만 읽는다고 속상하다는 이야기를 들으면서 내가 아들의 입장에서가 아닌 나의 욕심만 채우고자 했다는 생각이 들면서 아들에게 미안했다. 학교 수업을 마치고, 오랜만에 맛있는 점심을 먹기 위해 나는 아들과 데이트를 했다.

"아들, 오늘은 저녁에 우리 무슨 책 읽을까?"

"응, 오늘은 곤충 백과랑 사막 동물 백과 읽을 거야."

'뭐지? 그 책은 하루에도 몇 번씩 읽는 책인데 또 그걸 읽겠다고? 뭐라고 말해주어야 할지 조금 전에 아들의 입장을 이해하자고 다짐

했는데, 또 아들에게 혼내려고 하는 이 마음은 뭘까?'

잠시 고민한 후, 물었다.

"그 책은 매일 읽는데 오늘은 시간 많으니까 우리 사회 그림책 보는 거 어때?"

"싫어. 내가 읽을 책이니까 내 마음대로 읽을 거야. 엄마가 고르지 마."

아들의 짜증나는 목소리에 나도 모르게 화가 났다.

"너 매번 읽는 책만 읽으면 어떻게 하려고 그래? 이제 고학년 되면 국어도 어렵고, 사회는 더 어렵다는데 미리 관련된 책들 좀 읽으면 안 되겠어?"

결국 나는 내 생각을 아들에게 강요하고 말았다.

"엄마는 나 공부 못해도 괜찮다고 성적 상관없다고 해 놓고 갑자기 왜 그렇게 말해?"

아들의 말에 순간 멈칫했다. 맞는 말이었다. 늘 입으로는 아들에게 공부 못해도 성적 안 나와도 괜찮고 건강하게 친구들하고만 잘 지내면 된다고 입버릇처럼 말해 놓고, 지금 내가 하는 행동은 전혀 반대였다. 아들 보기가 부끄러웠다.

"아들, 미안해. 듣고 보니 엄마가 너무 엄마 생각만 했어. 니가 성적 때문에 속상할까 봐 미리 걱정한 것도 엄마 생각인 건데……. 괜히 과학책만 보는 너한테 화가 나기도 하고……. 그래서 엄마 마음대로 책을 정하려고 했어. 다음번에 엄마가 과학책 말고 다른 거 먼저 읽어보고 재미있으면 너한테 보여 줄게."

"알겠어. 엄마가 재미있으면 나도 읽어 볼 거야."

아들이 재미있게 읽을 수 있는 과학 분야가 아닌 다른 책들을 내가 먼저 읽어보기 시작했다. 처음 읽을 때는 이 나이에 무슨 동화책을 읽고 있는지, 회사에서 자격증 딸 것도 많고 공부할 책들도 많은데 싶다가도, 아들을 위해서라면 뭐든지 하기로 했으니 당연히 해야 할 일이라 생각하고, 아들에게 말하는 법과 감정들을 알려주고 싶어서 창작 그림책을 먼저 읽기 시작했다.

먼저 제목이 재미있는 것부터, 호기심이 생기는 것부터 읽기 시작했고 아들이 들을 수 있도록 소리 내어 읽었다. 처음에는 텔레비전만 보던 아이가 텔레비전 속 다른 세상으로 들어가 버리는 『마법에 걸린 텔레비전』, 월화수목금토일 매일 다른 일이 생기는 『요술 바늘 콕』 아빠 없이 일하는 엄마가 주말에 늦잠 자다가도 아이가 자전거 타러 가자고 하면 함께 가주는 『엄마와 나』 등. 책 이야기를 듣고 아들은 조금씩 관심을 보이기 시작했다.

아들에게 자연스럽게 여러 분야의 책을 알려주고 싶은 나의 노력과 이런 엄마를 보면서 여전히 과학 분야 책을 많이 읽기는 하지만 다른 책들도 읽어보려는 노력을 해주는 아들이 오늘은 『소리 질러 운동장』이라는 책을 가지고 학교에 갔다. 예전에는 과학 분야 책만 가지고 가던 아들이 6학년이 되어서는 선생님이 추천해 주는 책도 읽고, 위인전도 조금씩 읽기 시작했다. 그리고 내가 읽는 책 중에 만화로 나오는 데일 카네기 『인간관계론』도 읽었다. 이건 읽었다기보다는 나의 강요에 마지못해 읽어 주었다는 표현이 더 정확할지도 모르겠다. 다른 책들은 어떤 내용이었는지 한 줄씩은 기억을 해내는데 『인간관계론』은 잘 모르겠다고, 그냥 사람들이 어울려서 사는 거 아닌가? 하면서 만화라도 어렵다고 했다.

"아들, 사실 엄마도 쉽지 않은 책이었어. 그런데 요즘 엄마가 어떤 책을 읽는지 아들에게 알려주고 싶었어. 마침 만화책으로도 나왔다고 해서 읽어보라고 한 거야."

"아, 엄마가 읽는 책이구나. 우리 엄마 이렇게 어려운 책도 읽어? 이해할 수 있겠어?"

아들의 말에 웃음이 나왔다.

"아들, 엄마 무시하지 마. 엄마 어릴 때부터 책 많이 읽고, 글쓰기 잘해서 상도 진짜 많이 받았는데, 엄마 시도 쓰고 소설도 쓰고 사실 작가가 되는 게 꿈이기도 했는데……."

"맞다. 엄마 작가 된다고 했지. 첫 번째 책은 엄마랑 내 얘기만 있다고 우리끼리만 보자고 했고, 이번 책은 엄마 꼭 베스트셀러 작가 되면 좋겠어. 그럼 우리 돈 많이 벌 수 있잖아."

헉! 돈 많이 벌고 싶은 아들의 마음이 고스란히 느껴지는 말에 또 한 번 웃었다. 아이다운 생각도 엄마의 꿈을 응원해 주는 마음도 모두 감사했다. 한 분야의 책만 읽어서 걱정만 했던 나도 이제는 가끔 상상도 못한 아들의 언어 능력에 놀라기도 하면서, 뭐든지 자연스러운 게 제일 좋은 것이라는 사실을 알게 되었다.

<엄마의 생각>

엄마에게 아이가 "공부 못해도 괜찮다고 해 놓고 갑자기 재미없는 책을 왜 읽으라고 해?" 물어본다면 어떤 생각이 들 것 같나요? 그리고 엄마의 진심을 어떻게 전달할까요?

(예. "엄마가 책 읽으라고 강요해서 기분이 별로구나." / 아들이 여러 분야를 알고 있으면 좋겠다는 엄마의 입장을 충분히 설명해준다. 그리고 아들이 살아갈 새로운 세상에 도움이 될 수 있다는 것을 제대로 알려 줄 수 있는, 아들과 함께 책을 읽는 엄마로 살아갈 것이다.)

3장

싱글맘의 독서 모임

1. 변화란 무엇인가?

많은 사람들이 중도에 실패하는 이유는 성공을 코앞에 두고 그만두기 때문이다.

인간관계든 비즈니스든 모든 변화에는 넘기 어려운 벽이 존재한다. 하지만 그 벽을 돌파하기만 하면 완전히 새로운 세계가 열린다. 무엇에 도전하든 임계점을 가정하고 한계돌파를 시도하라!

- 출처: 이민규 지음. 『변화의 시작 하루 1%』. 끌리는 책-

'임계점, 모든 변화는 무섭고 두렵다. 그럼에도 불구하고 왜 새로운 도전을 해야 하는가?'

어린 시절부터 책을 읽고 쓰는 것을 좋아하던 나에게, 혼자가 아닌 여러 명이 함께 책을 읽는 모임에 초대를 받았다.

'무슨 책을 같이 읽어? 학교 다닐 때 책 읽고 토론하는 수업은 해봤지만, 어른들이 각자 읽으면 되는 책을 왜 같이 읽지?'라는 의문이 들기는 했지만, 어떤 곳인지 호기심도 있었다. 금요일 저녁 퇴근을 하고 나는 새로운 곳으로 발걸음을 옮겼다. 나에게 독서 모임을 안내해 준 그 사람은 평소에 업무적으로 오랫동안 만나 왔고 신뢰가 쌓여 있었다. 그래서 익숙하고 편안한 것만 좋아하던 나도 낯선 곳으로 가는 용기를 낼 수 있었다. 여러 명이 앉아 있는 낯선 풍경에 살짝 거부감이 드는 건 어쩔 수 없었다. 태어나서 40년이 넘도록 한동네에 살고, 고3 학생 신분으로 들어간 회사에서 30년이 넘도록 일하고 있고, 초등학교 동창들과 여전히 만나고 있는 나였으니까.

그곳에서 내가 아는 사람이라고는 단 한 명, 나를 초대해준 그 사람뿐이었기에 더더욱 불편한 자리였다. 하지만 내 성격상 나쁜 곳이 아니면 내가 선택해서 간 곳은 먼저 나오지 못했기 때문에 그렇게 불편한 마음을 갖고 새로운 경험을 하게 되었다.

독서 모임을 주관하는 진행자가 책 한 권을 선정했고, 그 책 중에 각자가 읽고 싶은 부분을 읽고 나눈다는 설명을 해 주었다. 하얀 종이에 빨간 글씨로 적혀져 있는 『변화의 시작 하루 1%』라는 제목이 눈에 띄게 잘 만들어져 있다는 생각과 함께 책장을 넘기기 시작했다.

"한계돌파, 설익은 삶.

데우기를 중도에 멈추는 삶은 결국 설익은 삶이다."

책의 글귀가 눈에 들어왔다.

'이게 뭐지? 왜 한계를 돌파하는 거지? 설익은 삶은 또 뭐지?'

궁금해지기 시작했다. 안전지대 속에서 직장 생활을 하면서 부모님의 도움을 받아 아들을 키우고 있던 나에게 이 책은 많은 질문을 떠올리게 했다. 변화가 왜 중요한지를 알게 해 주었다. 다른 사람들과 조금은 다른 삶, 싱글맘이었기에 더욱 그랬던 거 같다.

늘 착하고 반듯한 이미지였던 나에게 이혼이라는 딱지는 너무 큰 상처로 남았다. 아이를 위해서 더 열심히 일해야 했고, 강한 엄마로 살아야 했기에 집에서도 직장에서도 무식할 정도로 밝은 척하며 아무렇지 않은 척 버텨 내며 살았다. 그런 시간들이 한 해 두 해 늘어날수록 내 마음의 상처도 커졌다. 아들에 대한 집착도, 부모님이 아들을 키워주는 것도 당연히 여기는 마음이 눈덩이처럼 불어나기 시작했다. 내 어깨 위에 놓인 모든 짐을 내려놓고 싶을 때 찾아와 준 낯선 곳으로의 이동, 그 자체로 나에게는 변화를 위한 첫걸음이었다.

그 무렵 나는 퇴근하면 친구도 만나지 않았다. 아무것도 하지 않은 채 집으로 달려가서 아들과 함께 하는 것만이 아들에 대한 미안함과 사랑하는 방법이라고만 생각하고 있었다. 집, 회사, 아들 이외에는 아무것도 보이지 않았다. 아들과 더 많은 시간을 보내야 내 잘못이 조금이나마 줄어들 것 같았다. 금요일, 이름하여 '불금학당'에서 만난 어느 분의 이야기를 들으면서 내가 얼마나 바보 같은 생각을 하고 있었는지, 이런 나로 인하여 아들이 얼마나 힘들었을지 깨달을 수 있었다.

"퇴근하면 주로 뭐 하세요?"

진행자의 질문이었다.

"번개처럼 빠르게 집에 가요. 그리고 하루 종일 못 만났던 아들과 밥도 먹고, 이야기도 하고, 잠도 재워 줍니다."

"그럼 본인을 위해서는 회사 일 외에 무엇을 하나요?"

조금 전에도 내가 하는 일을 이야기했는데 또 물어보는 진행자의 질문에 짜증이 밀려들었다.

'이 사람 지금 나랑 말장난하는 거야 뭐야? 본인이 독서 모임 진행한다고 사람 무시하는 거야?'

속으로 별별 생각이 다 들었지만, 다시 말했다.

"조금 전에 얘기했잖아요. 사랑하는 아들과 시간을 보낸다구요."

"그러니까요. 아들과 시간을 보내는 거 말고 본인을 위해서는 무엇으로 하나요?"

반복되는 질문에 또다시 짜증이 밀려오기 시작하는데 그 순간 멍해졌다. 그러고 보니 아들이 태어나고 난 뒤 내 시간은 없었다. 아들이 원한 게 아니라 스스로 그렇게 나를 위한 시간은 사치라는 생각에 빠져 있었던 것이다. 진행자가 다시 말했다.

"아들이 9살이라고 했죠? 그럼 아이도 자기 시간이 필요하고, 이제 스스로 할 수 있는 일들도 많을 텐데 왜 그렇게 엄마는 아이를 못 믿나요?"

'이건 또 무슨 헛소리인가? 내가 아들을 못 믿는다고? 아니거든. 내가 아들을 얼마나 믿고 사랑하는데, 니가 뭔데 나한테 이런 말을 하는 거야?'

욕이 나올 것 같은데 참으면서 말했다.

"아들을 못 믿는 게 아니라 하루 종일 떨어져 있으니 아들한테 더 많은 사랑을 주기 위해서 아들과 함께 하는 거예요."

내 말에 진행자는 다시 말했다.

"그건 사랑일까요? 집착일까요?"

단 한 번도 집착이라고 생각해 본 적 없었던 나는 타인의 시선에서 해 주는 이야기에 화가 나면서도 생각을 안 해 볼 수 없었다. 그러고 보니 내 기억 속 아들은 늘 4살 아기였다. 거기서 시간이 멈추어져 있었기에 모든 걸 내가 해 주려고 했고, 그렇게 아들을 사랑한다는 명목하에 아들이 혼자 있을 시간도 주지 않고 집착을 하고 있었다. 순간 정신이 번쩍 들었다.

'내가 너무 익숙한 안전지대에서 변화하고 있는 앞을 바라보지 못

하고 과거에만 얽매여 있었구나. 그래서 아들이 커 가고 있다는 것을 잊고 있었구나. 엄마가 너무 붙어 있고 다 해줘서 아들이 힘들기도 했겠구나.'

이 시점에서 나는 무엇을 어떻게 해야 할지 머릿속이 복잡해졌다. 이런 내 마음을 읽어 낸 것처럼 독서 모임의 진행자는 나에게 어떻게 하면 지금의 이 상황에서 변화할 수 있을지, 무엇부터 가장 먼저 바꾸어야 할지 생각해 보라고 했다.

'변화'라는 단어만 들어도 이미 나는 온몸으로 거부하고 있음을 알아차렸다. 그렇지만 나의 현실을 돌아보니 무작정 거부만 하고 살아갈 수는 없겠다는 생각이 들었다.

'그냥 이대로 살면 어떻게 되는 거지? 그럼 아들이 어른이 되어서도 엄마 없이 아무것도 할 수 없는 마마보이가 되면 어떻게 하지?'

분명히 그건 내가 원하는 삶이 아니었다. 힘들지만 변화를 위해 무언가를 해야만 했다.

'지금 당장 내 생각이 바뀌지 않는다고, 아들의 행동이 바뀌지 않는다고 포기해 버린다면 나와 아들은 평생을 이렇게 남의 눈치 보면서 살아가야 하지 않을까?'라는 생각이 드는 순간, 온몸에 섬뜩한 기운이 감돌았다.

나의 생활 방식을 하루아침에 바꿀 수 없다는 것은 잘 알고 있다.

그래도 한 가지씩 바꾸다 보면 변할 수 있을 것이다. 그렇게 나는 각자의 시간을 가질 수 있도록 하나씩 변화하기 시작했다. '불금학당'에 가서 강의를 듣고 늦게 오고, 가끔은 일부러 직원들과 저녁도 먹고 왔다. 퇴근 후 늘 집에 와서 자기와 놀아주고 자기 말이라면 뭐든지 다 들어주던 엄마가 늦게 들어오는 날이 생기니까, 처음에는 아들이 온몸으로 거부했다. 내가 들어오는 시간까지 울기도 하고, 할머니께 짜증을 부리기도 했다. 나 역시 달라진 생활에 힘들었다. 퇴근 후 아들에게 가고 싶었기에 떨어지지 않는 발걸음을 옮겨 '불금학당'으로 가고, 직원들과 저녁을 먹으면서도 마음은 아들에게 가 있고, 그렇게 반복되는 힘든 상황 속에서 아들을 돌봐 주는 할머니도 나도 아들도 모두 지쳐가고 있었다.

어느 날, 엄마가 말씀하셨다.

"니가 늦게 들어오니까 니 아들 계속 울고 짜증 내고 이렇게 해서는 내가 힘들어서 안 되겠다. 공부고 뭐고 다 집어치우고 그냥 살던 대로 살아."

어느 때는 내가 아들을 너무 오냐 오냐 키운다고 혼내던 엄마가 이제는 지친다고 내 방식대로 아들을 그냥 키우라고 하셨다. 그게 나와 아들을 위한 게 아니라는 걸 엄마도 아시면서 말이다. 지금 내가 읽고 있는 책의 한 구절과 나에게 아들에 대한 마음을 알려 주었던 진행자의 이야기를 엄마에게 들려드렸다.

“엄마, 나도 하루에도 열두 번 생각해. 그냥 예전처럼 퇴근하면 집에 와서 같이 놀아주고, 밥 먹고 내가 해 줄 수 있는 건 다 해 주고 싶어. 그런데 또 가만히 생각해 보니 한 살 두 살 커 가는 아들을 마마보이로 만들 수는 없잖아. 엄마가 힘든 거 아는데 조금만 더 봐 줘.”

엄마는 아무 말 없이 고개만 끄덕이셨다.

이 글을 쓰면서 돌이켜 생각해 보니 나는 참 이기적인 딸이었다. 엄마에게는 내가 애지중지하는 자식일 텐데, 나는 내 자식만 바라보고 있었으니 말이다. 컴퓨터 앞에 앉아 글을 쓰고 있는 이 순간에도 갈팡질팡하는 나를 만나고 있다. 이제는 평범함에서만 그치지 않고 때로는 익숙한 것과 이별을 해야겠다. 새로운 것에 도전할 수 있는 변화의 중심에 나를 데려다 놓을 수 있는 용기가 조금씩 생겨나고 있음에 감사하다.

이런 용기를 만들어 준 독서 모임에 감사하고 하얀 표지에 빨간 글씨로 임계점에서 무너지지 않고 한계를 돌파할 수 있도록 해 준 『변화의 시작 하루 1%』 책에도 감사하다. 무엇보다 지금까지 나와 아들을 위해 희생해 주신 엄마에게 감사하다. 그리고 내가 포기하지 않도록 때로는 채찍으로 때로는 사랑으로 내 손을 잡아준 주위 모든 분들에게 감사하다. 그리고 지금 이 순간 제일 감사한 건, 이런 변화 속에서도 엄마를 믿고 따라주는 아들에게 고맙다. 마지막으로, 이런 용기를 가지고 글을 쓰고 있는 나를 스스로 칭찬해 주고 싶다. 익숙하고 편안한 안전지대를 벗어나 낯선 곳으로 이동을 하게 해 준 독서 모임이 내게 얼마나 큰 변화를 가져다 준 곳인지 그저 고마울 따름이다.

<엄마의 생각>

용기를 냈는데 기대와 달리 충격을 받았던 경험, 그 충격 덕분에 변화하게 된 경험이 있나요?

(예. 책 출간을 하고 싶어 교육 신청을 했는데 글쓰기가 너무 어려웠다. 그만둘까, 스무 번도 더 넘게 생각했지만 끝내 책을 출간하게 되었다.)

2. 나도 부자가 될 수 있을까?

어떤 어려움이 닥쳐도 그보다 강해져라.

부자는 그들의 문제보다 크다. 가난한 사람은 그들의 문제보다 작다.

나는 어떤 어려움보다도 크다. 나는 어떤 문제도 처리할 수 있다.

- 출처: 하브 에커 지음. 『백만장자 시크릿』. 알에이치 코리아 -

'삶에 커다란 문제가 있다면 그것은 당신이 작은 사람이라는 뜻이다! 보이는 모습에 속지 말라. 문제의 크기를 쳐다보지 말고 당신의 크기를 쳐다보라!'

부를 끌어당기는 17가지 원칙을 알려주는 부자 매뉴얼이라 되어 있는 『백만장자 시크릿』 책을 만났다. 처음에는 책도 어렵고 이해도 잘되지 않았다. 독서 모임에서 매번 들려오는 부자들의 이야기는 나와는 다른 세상 이야기라고 생각해서인지 쉽게 와 닿지 않았다. 매번 가슴에 손을 얹고 머리에 손을 대고 선언문을 읽기는 했지만, 만만치 않은 책이었다. 그렇게 만난 『백만장자 시크릿』을 독서 모임에서 3번에 걸쳐 듣고 또 듣게 되었다. 3번에 걸쳐서 듣고, 읽으면서 조금씩 부자들의 삶에 관심이 가기 시작했고 부자가 되기 위해 하나씩 읽고 적용하려고 노력했다.

책 내용에는 부자들은 긍정적인 생각과 더불어 나의 가치를 알리고 돈이 자신을 위해 일하도록 해야 한다고 했다.

'진짜 이게 무슨 말이지? 긍정적인 생각을 하면 부자가 된다고? 나의 가치를 알리려면 내가 뭘 잘하는지 자랑하라는 뜻인가? 잘 먹고, 잘 살기 위해 나는 돈을 버는데 돈이 나를 위해 일하게 하라고?'

나와는 너무 다른 생각이 적혀져 있는 책은 복잡하게 느껴질 수밖에 없었다. 왜냐하면 나는 지극히 평범한 직장인이었으니까 말이다. 하지만 나는 책을 좋아하는 사람이고, 독서 모임을 좋아했기에 포기하지 않고 참석했다. 그곳에서 나는 여러 사람들을 만났다. 이미 모든 사람이 부러워할 만한 성공한 부자도 있었고, 나처럼 평범한 직장인도 있었고, 가정주부도 있었고 사업하는 사람들도 있었다. 누구나 다 부자가 되고 싶은 욕망, 아니 꿈은 있지 않을까? 나 역시 부자가 되고 싶고, 자유롭고 싶고, 행복하게 살고 싶은 사람이었기에 어렵지만 부를 끌어당긴다고 하니 이 책을 손에서 놓을 수가 없었다. 이렇게 어렵기만 한 책을 진행해 주시는 한 분의 성공자를 독서 모임을 통해서 만났으니 나에게는 얼마나 행운인지 모른다.

나는 가난한 어린 시절을 보냈기에 누구보다 잘살고 싶은 욕망이 있었기에 스물 살이 되기도 전에 돈을 벌었다. 성실한 부모님을 보면서 자란 나는 직장에서도 최선을 다해 일했고, 덕분에 인정도 받으면서 그렇게 일을 하면서 차곡차곡 저축을 했다. 그래서 부모님, 오빠와 남동생에게 도움을 줄 수 있었다.

올해로 근무한 지 30년이 되었다. 한 곳에서 오래 일을 했는데, 마음 한구석이 늘 비어있는 느낌이었다. 이 비어있는 곳을 채우고 싶었다. 그런 생각들이 계속 머릿속을 맴돌 때 만난 독서 모임은 나에게 또 다른 세상에 대해 눈을 뜰 기회를 주었다.

그렇게 조금씩 다른 세상을 알아가면서 살아가던 나에게 문제가 발생했다. 요즘 언론에서도 자주 나오는 보이스피싱을 우리 가족 중 누군가가 당했던 것이다. 금융기관 직원이 있는 집에서 보이스피싱이라니 처음에는 자존심도 상하고 인정하고 싶지 않았지만 현실이었다. 가족의 일이었기에 어떻게 해야 할지 막막하기만 했다. 거기다 누구도 예상하지 못한 너무나 큰 금액이었기에 더욱더 가슴이 답답했다. 처음에는 나도 당황해서 어떻게 할지 생각도 나지 않았고,

무조건 해결해야 한다는 생각으로 내가 가지고 있는 현금과 받을 수 있는 대출 금액을 확인하기 시작했다. 부모님께는 너무 놀라서 쓰러지실까 얘기를 하지 못하고 하루를 그렇게 나 혼자서 끙끙거렸지만, 가슴만 답답할 뿐 해결책이 없었다. 출근했지만 일은 손에 잡히지 않고, 머릿속은 온통 다른 생각들로 가득했다. 계속해서 걸려오는 전화에 속수무책인 나를 바라보다 갑자기 정신이 번쩍 들었다.

'이건 내가 혼자 해결할 수 있는 게 아니야. 부모님이 쓰러지실까 걱정은 되지만, 사실대로 말씀드리고 해결책을 찾아야 해. 그리고 당장 급한 불 끄자고 내가 가진 돈과 내 이름으로 대출까지 해 준다면 앞으로 내가 아들과 어떻게 살아갈 수 있을까?'

가족 일 앞에서 이렇게 이기적인 나를 분명히 가족들은 욕하겠지만, 책을 통해 조금씩 사고를 키워가고 있는 나에게는 분명히 잘한 선택이라는 생각이 들었다. 그러면서 내 생각이 부자가 되어 가고 있다는 생각도 들었다. 가난한 사람들은 문제에 휩싸여 앞을 보지 못하지만, 부자들은 언제나 문제보다 자신이 더 크다고 하지 않았던가?

예전의 나였다면 무조건 가족들에게 도움을 주기 위해 정말 생빚이라도 얻어서 해결해 주었을 텐데 이런 나를 아는 가족들은 달라진 나를 원망했다. 내가 좀 도와주면 잘 해결할 수 있을 거라고 말했지만 나는 단호하게 거절했다. 당장 내가 한번 도와주게 되면 우선 급한 불은 끌 수 있겠지만 그렇게 되면 우리 가족 모두가 한꺼번에 무너지는 길이라고, 다른 방법을 찾아보자고 제안했다. 이렇게 말하는 나를 부모님도 원망할지 모른다는 생각에 마음이 불편했는데 의외로 부모님은 내 편을 들어주셨다.

"니 말이 맞다. 지금 니가 있는 재산, 없는 재산 다 털어서 도와주고 나면 앞으로 니가 살아갈 날이 얼마나 힘든지 내 눈에도 보인다. 지금은 야속하다 생각하겠지만, 다른 방법을 찾아보자."

엄마의 말에 고맙기도 하고 미안하기도 하고 마음이 복잡했다. 우리 가족 모두가 최소한의 피해를 감당하고 살아갈 방법을 찾아보았다. 업무상 알고 있는 지인들과 내가 알고 있는 모든 지식을 동원해서 잘 마무리할 수 있는 최선의 방법을 찾았다. 그러면서 우리 가족은 서로가 서로에게 힘이 되어 줄 수 있다는 것을 알았고 가족의 소중함을 다시 한번 느끼게 되었다. 여전히 진행 중인 사건이라 마음 한구석에 불편함과 미안함은 남아있지만, 책을 통해 나의 생각이 변화하고 성장했다. 이 사실에 감사하기도 하다.

이렇게 책이라는 것이 누군가의 삶에 많은 영향을 준다는 것을 몸으로 경험하고 나니 나도 누군가에게 힘이 되어 줄 수 있는 글을 쓰고 싶은 욕구가 생겨나기 시작했다. 부족한 내가 잘난 것 없는 내가 누군가에게 힘이 되어 줄 수 있을까 싶은 생각도 들지만, 각자의 삶 그 자체로 의미를 부여할 수 있다면 그걸로 충분하지 않을까 싶은 마음이 든다.

<엄마의 생각>

갑자기 달라진 나의 모습에 가족들이 당황한 적이 있나요? 그럼에도 불구하고 나 자신을 지켜온 방법이 있다면 소개해 주세요.

3. 지금 나는 무엇을 할 수 있을까?

17퍼센트 이상은 신의 영역이다. 기억하라. 매일 당신에게는 8만 6,400초가 주어진다.

나는 오늘 하루를 최고의 날로 만들고 있는가? 생각이 무거워지고 삶이 힘겨워 질 때는 기억하라.

매일 당신을 새롭게 바꿀 수 있는 8만 6,400초의 시간과 8만 6,400번의 기회가 주어진다는 사실을.

- 출처: 팀 페리스 지음. 『지금하지 않으면 언제 하겠는가』. 토네이도미디어그룹(주) -

'예측할 수 있는 확률은 17퍼센트이고 그 이상은 내가 도달할 수 있는 영역이 아니라고 생각하면 머릿속이 한결 가벼워진다. 지금껏 열심히 살다 보니 17퍼센트도 결코 낮은 확률이 아니라는 사실을 깨

닫는다. 그 깨달음이 내 삶의 하루하루를 단순하고 홀가분하게 만든다.'

독서 모임을 하면서 나에게 유난히 크게 들려오는 이야기가 있었다.

"기회는 파도처럼 계속 온다. 신의 영역에 도전하지 마라. 가볍게 단순하게 시작해라."

'이 사람들 보게. 남의 인생이라고 말 한번 쉽게 하네. 무슨 기회가 파도처럼 온다는 거야? 그렇게 많은 기회가 오면 누구나 다 행복하게 살아야지. 가볍게 단순하게 시작하는 게 말처럼 쉬운가? 지금 내가 사는 이 현실도 힘들어 죽겠는데…….'

책 내용과 책을 알려주는 사람들의 이야기를 나는 속으로 부정하고 또 부정했다. 잘난 사람들만 하는 이야기라고. 어쩌면 나에 대한 자격지심으로 나와는 상관없는 일이라고 그냥 무시하고 싶었는지도 모르겠다.

그날 이후 그렇게 나와는 다른 세상의 이야기라고 무시했지만, 마음 한구석에 계속 찝찝함이 남아있었다.

'아, 책을 읽었는데 이 찝찝함은 또 뭐지? 나는 왜 이렇게 사는 거지? 그냥 살던 대로 살면 되지. 뭐 하러 독서 모임에 가서 이렇게 마음이 복잡해지는 걸 스스로 선택한 거지? 너 바보야?'

나 자신을 원망하고 자책도 하게 되는 나를 다시금 돌아보면서 고민 아닌 고민에 빠져 있을 때쯤 내 꿈을 이룰 기회가 운명처럼 찾아왔다.

지금은 한 아이의 엄마로, 직장인으로 평범하게 살고 있지만 어린 시절 나는 꿈 많은 소녀였다. 누구나 다 그 시절에는 꿈이 많았겠지만. 아이들을 좋아해서 선생님도 되고 싶었다. 또 글쓰기를 좋아해서 베스트셀러 작가가 되는 원대한 꿈도 꾸었다. 물론 어린 시절에 어른들로부터 "예술가는 돈이 안 된다. 다 굶어 죽는다."라는 말을 수도 없이 듣고 자랐지만, 나는 글쓰기가 즐거웠고 그 순간만큼은 행복했기에 작가가 되고 싶었다.

하지만 현실은 현실이었다. 가난한 집에서 태어난 나에게 굶어 죽는다는 작가가 될 용기는 없었다. 학창 시절에는 글을 쓰고, 문예반 활동을 하면서 상도 많이 받고 칭찬도 많이 받았던 나였다. 막상 직장이라는 곳에 들어와 보니 책을 읽을 시간도 글을 쓸 시간도 없었다. 특히 처음 사회생활을 시작할 때는 낯선 곳에서 사람들에게 적응하는 것도 힘들었고 내 일을 배우는 것도 힘들었기에 다른 것을 한다는 생각은 꿈도 꾸지 못했다. 그런 중에도 나는 작가의 꿈을 포기하지 못했고 꾸준히 일기를 써 왔다. 직장을 다니면서 야간대학도 가고, 어린 시절 꿈을 이루기 위해 사회복지사, 보육교사 자격증도 취득했다.

결혼하고 아이를 낳고 이혼을 하고 세상에 나 같은 사람은 없을 거라고 나는 왜 이렇게밖에 인생을 못 사는 건지. 나 자신을 원망하고 미워하면서도 나에게 하나뿐인 아들을 지켜주기 위해 정말 악착같이 버티어 내고 살아 내었다. 그렇게 치열하게 세상을 살아가던 중 나에게 운명처럼 글을 쓸 기회가 찾아왔다. 독서 모임이라는 새로운 환경으로 나를 가져다 놓은 덕분이었다.

처음에는 어떤 장소에 가서 3번의 강의를 듣고 매일 주어진 주제에 맞추어서 글을 쓰면, 강의를 해 주는 작가님이 목차를 만들어 주는 시스템이었다. 퇴근하고 늦은 시간 글쓰기가 힘들었지만, 나의 꿈이었기에 하루도 빠지지 않고 글을 쓰고 목차를 받게 되고 그렇게 내 이름이 새겨진 책이 나왔다. 책을 만들 목적으로 처음 쓴 글이었고, 지금까지 살아온 나의 인생 이야기로 채워진 첫 책의 제목은 『싱글맘 워킹맘 드림맘』이었다. 책을 쓰면서 얼마나 많이 울었는지. 그리고 내 삶이 왜 이렇게 힘들기만 한지. 앞으로 어떻게 살아가는 게 나와 아들을 위한 길인지 많은 것들을 알게 해 주는 시간이었지만, 막상 책으로 내고 보니 세상에 이 책을 알릴 용기가 생기지 않았다.

아니, 어쩌면 지극히 개인적인 이야기를 다른 사람들이 읽어 줄까? 하는 마음과 함께 벌거벗은 내 모습을 세상에 내어놓는 것만 같았다.

그렇게 만들어진 나의 첫 책은 나만 가지는 소장본으로 마무리하기로 할 때쯤 두 번째 책을 쓸 수 있는 운명의 기회가 왔다. 독서 모임에서 특강을 해 주는 백미정 작가님을 만나게 되었다. 이분은 엄마이면서 작가였다. 내가 독서 모임에 참가하지 않았더라면 절대로 만날 수 없는 분이었고, 소개도 받지 못할 분이었다는 것을 알기에 독서 모임의 중요성과 고마움, 그리고 책을 통해 나를 알아차릴 수 있음을 깨닫는 귀한 순간이 되었다.

'엄마 작가? 이 타이틀은 내가 진짜 가지고 싶었던 건데 이게 웬 횡재일까?'

속으로 생각하고 있었고 독서 모임 진행자로부터 소개를 받았지만, 먼저 연락할 용기는 없었던 나에게 독서 모임 특강에서 백미정 작가님을 만나게 되는 시간이 있었다. 그때 용기 내서 블로그에 신청하고 카톡을 보냈다. 그렇게 백미정 작가님과의 인연이 시작되고 파도처럼 계속 오는 기회를 이번에는 놓치지 않고 꼭 붙들고 싶은 나의 소망을 담아 글쓰기를 시작했다.

처음 글쓰기 수업과는 완전히 다른 세상이었다. '엄마 작가 메이커 백미정 작가님'은 작가인 나를 알아가는 시간이 필요하다고, 거기에 맞추어 정말 두서없이 글을 써 내려가기 시작했다. 개인적인 이야기이긴 하지만 일단 책 한 권을 냈고, 평소에도 글쓰기를 좋아하던 나였기에 두 번째 책도 부담 갖지 않고 그냥 써 보기로 했다. 나의 이런 마음을 알았는지 백미정 작가님은 정말 편안하게 글을 쓸 수 있도록 한편의 글이 메일로 보내질 때마다 폭풍 칭찬을 해 주었고 진심으로 공감해 주었다.

그러다 보니 글 쓰는 게 더 즐겁고 때로는 칭찬받고 싶어서 부지런히 글을 써 내려가는 나를 만나게 되었다. 선생님께 칭찬받아서 기분 좋은 학생이 되어 쓰는 글은 더 신이 났고, 늦은 시간이지만 글을 쓰면서도 힘들지 않았다.

무엇보다 처음 나만의 이야기를 쓸 때는 정말 많이 울었고, 마음이 너무 힘들었기에 아들에게 보여 주고 싶지 않은 엄마의 모습이었다. 하지만 두 번째 글을 쓰면서는 처음보다는 마음이 편안해졌다. 물론 글을 쓰다 울컥하고 울기도 하고 웃기도 했지만, 그래도 이번에는 아들에게 당당하게 보여 주고 말할 수 있는 엄마의 모습이었기에 좋았던 기억이 더 많다.

"엄마 오늘은 언제 잘 거야? 글 쓰다가 왜 울어? 속상한 이야기 쓰는 거야? 근데 엄마 이렇게 울고 자면 눈 퉁퉁 부을 텐데 내일 회사는 어떻게 가려고 그래. 엄마가 돈 안 벌어오면 우리 가족 굶어 죽을지도 몰라."

늦은 시간 불을 켜 두고 컴퓨터 앞에 앉아서 자판을 두드리고 있는 엄마 때문에 잠이 안 왔는지 옆에 와서 하는 아들의 말에 울다가 나도 모르게 웃음이 터졌다. 아들은 엄마가 우는 것도 걱정되었지만, 눈이 퉁퉁 부어서 출근을 못 할까 봐. 그래서 아무도 돈 벌어오는 사람이 없어서 굶을까 봐 진심으로 걱정을 하고 있었다.

한 번씩 내가 힘들어서 회사 가기 싫다고 하거나 속상해하면 늘 엄마가 돈 안 벌어오면 할아버지, 할머니, 나 아무도 돈 벌어 올 사람이 없다고 걱정 아닌 걱정을 하던 아들이었기에 그 마음을 충분히 알고 있기에 웃음이 나오면서도 한편으로는 미안했다. 다른 집처럼 아빠가 돈을 벌고 엄마는 학교 다녀오면 집에서 맛있는 간식을 해놓고 기다려 주는 그런 존재로 살았다면 초등학생 아들이 이런 생각은 하지 않았을 텐데 슬쩍 또 나의 선택으로 아들을 힘들게 한 건 아닌지 미안함이 몰려들었다. 돈 버는 사람이 엄마뿐이라는 사실을 일찍부터 알아차린 아들에게 나는 늘 웃으면서 말해주었다.

"걱정하지 마. 아들, 엄마가 회사 안 가도 우리 돈 있어. 할아버지, 할머니도 돈 있고 엄마도 너 먹고 싶은 거 사 줄 돈은 있어."

오늘도 앵무새처럼 되풀이 되는 내 말에 아들은 씩 웃는다.

"맞다. 엄마가 말해줬는데 또 잊어버렸네. 그래도 엄마가 퉁퉁 부은 얼굴로 회사 가면 이미지 관리가 안 되잖아. 그러니까 울지 마."

하면서 눈물을 닦아주는 아들을 꼭 끌어안으면서 이 순간만큼은 세상 누구도 부럽지 않은 행복한 엄마가 되었다.

이런 나의 행복은 아들의 예상치 못한 질문으로 인해 단 몇 초 만에 깨어졌다.

"그런데 엄마, 글 써서 책 나오고 작가가 되잖아. 그럼 돈 많이 벌어?"

이건 또 무슨 황당한 질문인지. 아들을 키우면서 돈이 없어서 아들이 원하는 걸 해주지 않은 적도 없었는데, 왜 아들은 이렇게 돈 버는 것에 관심이 많은 건지 알 수가 없어서 물었다.

"아들, 엄마가 베스트셀러 작가 돼서 돈 많이 벌면 좋겠어?"

"응. 엄마 나는 돈이 많으면 좋겠어."

"엄마는 작가 돼서 돈 많이 버는 것도 좋지만, 넓은 서점 한 곳에 엄마 이름이 적혀 있는 책이 놓여 있다면 그걸로 충분히 감사하고 행복할 거 같아. 그런데 아들은 왜 돈이 많으면 좋겠다고 생각해?"

"돈이 많으면 엄마가 지금처럼 힘들게 일 안 해도 되잖아. 엄마 글 쓰는 거 좋아하니까 좋아하는 거 하면서 돈도 벌면 진짜 좋잖아. 엄마가 회사 안 다니면 시간 내서 나랑 놀러도 더 많이 갈 수 있고……."

자라온 환경으로 인해 아들이 또래보다 철이 빨리 들었다는 건 알았지만 이렇게 엄마인 나를 많이 생각하는 줄은 몰랐다. 어떤 말로도 표현할 수 없을 만큼 아들에게 고맙고 미안하고 그저 기분이 좋았다.

백미정 작가님을 만나 두 번째 글을 쓰지 않았더라면 아들의 이런 마음 까지 내가 들을 수 있었을까 생각하니 다시 한번 독서 모임을 선택한 나한테 고맙고, 기회를 안내해 준 분들께 감사하고, 기꺼이 나의 스승이 되어 준 백미정 작가님께도 감사한 마음이 든다.

사는 게 바쁘고 피곤하다고 해서 지금 직장 생활만으로도 평범하게 먹고 사는 건 할 수 있는데 싫어서 예전처럼 그냥 그렇게 물 흐르듯이 살았더라면 지금 이 순간 작가의 꿈을 안고 글을 쓰는 나는 없었을 것이다. 물론 이런 엄마를 바라보면서 또 다른 세상을 함께 보고 느낄 수 있는 아들의 삶도 없었을 것이다. 나와 아들, 그리고 부모님에게까지, 지금 내가 다니고 있는 직장 이외에 다른 세상이 있다는 것을 알게 해 준 독서 모임에 감사하고, 책을 통해 기회를 알아차리고 삶에 적용해 가는 나에게 스스로 응원의 박수를 보내고 싶다. 나는 오늘도 아들과 함께 더 넓은 세상에서 당당하게 미래를 펼쳐 나가기 위해 책을 읽고 글을 쓴다. 엄마인 내가 글을 쓸 수 있다면, 엄마인 내가 어린 시절 꿈이었던 작가가 될 수 있다면, 아들도 꿈을 키우고 도전할 수 있는 용기를 가질 수 있을 거라고 믿으면서 오늘 하루도 잘 살아내고 있다.

<엄마의 생각>

막연하게 꿈이었던 일을 하게 되면서 그런 엄마의 모습을 보고 있는 아이들에게 어떤 메시지를 주고 싶나요?

4. 내 앞에 놓인 장애물은 누가 만들었을까?

삶이 힘든 것이 아니라 나 자신이 힘든 것이다.
어려움에서 나를 구출해내는 것도 곤경에 빠뜨리는 것도 나 자신이다.
항상 당신을 가로막은 것은 당신이었다.

- 출처: 알프레드 아들러 지음, 『항상 나를 가로막는 나에게』, 카시오페아 -

'진정한 의미에서 나를 방해할 수 있는 사람은 아무도 없다. 뭔가 일이 풀리지 않는다고 생각될 때에는 자신이 했던 말과 행동을 추적해 보아라. 왜 우리는 언제나 같은 곳에서 넘어지는가?'

한 편의 시처럼 짧은 내용들이 기록되어 있는 책이어서 만만하게 생각하고 펼쳤다. 제목부터 심상치가 않았기에 궁금증도 생긴 『항상 나를 가로막는 나에게』 책을 만만하게 보았던 내 생각은 틀렸다. 한

페이지를 읽어 갈 때마다 머리가 아프고 가슴이 답답했다.

'그래서 어쩌라고? 한글을 읽고 있는데 이렇게 이해가 안 되는 이 책 도대체 뭐지? 나는 지금 무슨 생각으로 여기에 있는 거지?'

독서 모임에서 각자 와 닿는 부분을 읽고 생각을 공유하는 시간이었다. 나 혼자 이해 안 되고 어려운 책인가 싶은 생각에 자존심도 살짝 상했는데, 이야기를 듣다 보니 나만 그런 게 아니었다.

짧은 구절 속에 숨겨져 있는 의미를 끄집어내는데 힘들어하는 사람들이 있다는 것이 다행이다 싶은 마음이 들었다. 나만 바보가 된 기분에서 똑같은 사람들이 있다는 게 감사했다. 이건 또 무슨 심보인지 모르겠지만 말이다.

살면서 누구나 한 번쯤 생각하고 싶지도 않은 힘든 일들을 겪으면서 다른 사람들은 모두 행복하게 잘 사는데 나는 왜 이 모양일까? 하는 생각을 해 본 적이 있을 것이다. 나 역시 그런 평범한 사람 중의 한 명이고, 살면서 내게 왜 이런 문제가 생기는 건지, 내가 뭘 그렇게 잘못했는지 스스로 자책에 빠져서 헤어나지 못했던 경험들이 있다. 그런데 지금 이 책에서는 말한다. 이 모든 것들의 문제의 중심에는 나 자신이 있다고, 삶이 힘든 것이 아니라 나 자신이 힘든 것이라고.

처음에는 말도 안 되는 소리 같았고 이해도 되지 않았고 이해하고 싶은 마음도 없었지만, 여러 사람들의 경험과 생각을 들으면서 진지하게 나를 돌아보게 되었다.

어릴 때부터 나는 지극히 평범한 아이로 태어났고 또 그렇게 자라왔다. 착한 딸로, 내 의견보다는 친구들의 의견을 더 존중하고 잘 이해하는 친구로, 선배들 말 잘 듣는 후배로, 동료들 의견에 잘 맞추어 주는 무난한 성격의 동료로, 그렇게 평범하게 살아가고 있던 나였다. 가끔은 내 의견을 이야기하고 싶고 큰 소리 내고 싶었지만, 상대가 내 이야기를 듣고 기분이 나쁠까 봐 나 혼자 판단하고 생각하고 그렇게 답답한 면이 없지 않은 나였다. 남들에게 착하다는 말을 들으면서 나는 정말 내가 착한 사람이라는 착각 속에서 아니 그렇게 만들어진 틀 속에서 갇혀 살았다.

가정 형편상 나는 친구들보다 거의 4년 빠르게 직장생활을 시작했다. 처음에는 별생각 없이 직장인으로 친구들은 대학생으로 예전처럼 자주 만나고 놀았는데, 어느 순간 친구들과 모임에서 섞이지 못하는 나를 발견했다. 대학생 친구들의 공통된 화제 속에 내가 들어갈 수 있는 공간은 그 어디에도 없었다. 나 스스로 직장을 선택했지만 즐겁고 신나 보이는 대학 생활을 즐기는 친구들을 보면서 괜히 자존심도 상하고 어려운 집안 형편에 짜증이 나기도 했다. 가끔 모임을 하면서 친구들보다 돈을 먼저 벌었던 내가 경비를 내는 경우가 있었는데, 그 횟수가 잦아질수록 친구들이 보고 싶지 않았다. 너무나 당연하게 "우리는 학생이고, 너는 돈을 벌잖아. 그러니까 우리 오늘 좋은 곳에 가서 맛있는 거 먹자."하고 요구하는 친구들에게 한두 번은 기분 좋게 샀지만 반복되니 화가 났다.

"야, 내가 너희들 맛있는 거 사 주려고 힘들게 돈 버는 줄 알아? 그리고 너희 대학 생활 자랑하는 거 듣는 것도 이제 짜증 나. 나 이제 이 모임 안 나올래."

오랫동안 함께 지내 온 초등학교 친구들은 그동안 보지 못했던 나의 모습에 당황했고 그렇게 나는 모임에서 스스로 빠져나왔다.

시간이 지나면서 내가 왜 친구들에게 그렇게 했는지 생각해 보니 결국 나 자신에 대한 자격지심이었다. 친구들의 문제가 아니었다. 그러고 보니 나는 대학을 가지 못한 부분에 대해 누가 말하지 않아도 스스로 주눅이 들어있었고, 누군가가 학교 어디 나왔냐고 물어볼 때마다 자존심이 상했다. 고등학교를 졸업했다고 하면 상대방이 나에게 이렇게 말하고 있는 것 같았다.

'아이고, 공부를 얼마나 못 했으면 대학도 못 가고 돈 벌러 다녀? 대학도 안 나오고 무슨 일을 할 수 있겠어? 그래서 진급은 할 수 있겠어?'라고 말이다. 아무도 나에게 그렇게 말하는 사람은 없지만 나는 늘 고등학생과 대학생의 신분 차이에 가로막혀 있었다. 그랬기에 친구들과의 관계도 스스로 끊어 버렸다.

그렇게 나만의 울타리 안에 나를 가두어 둔 채 내가 할 일에만 집중하는 직장인으로 열심히 살아가던 중 친구에게서 연락이 왔다.

"오랜만이야. 오늘 우리 둘이 한 잔 마시자. 예전 기억 떠올리면서 편하게 한 잔 어때? 오늘은 내가 쏠게."

그날 이후 친구들을 만나지 않았던 나였지만 마음속에는 늘 친구들이 그리웠기에 직장인에게는 제일 편한 금요일 저녁 친구를 만났다.

한 잔 두 잔 술을 마시다 보니 둘 다 얼굴이 발그레졌고, 기분도 살짝 업 되어 가고 있을 무렵 친구가 나에게 말했다.

"그동안 나 안 보고 싶었어? 혼자 직장생활 하느라 힘들지 않아?"

친구의 다정한 말투에 울보였던 나는 괜히 또 눈물이 흘렀다.

"보고 싶었지. 내가 너희들 얼마나 좋아하는지 알면서 뭘 물어봐. 내가 그렇게 먼저 너희 안 보겠다고 헤어지고 나니 먼저 연락하기도 쉽지 않았어. 내 성격 너도 잘 알잖아."

친구는 내 손을 꼭 잡고 말했다.

"미안해. 우리 생각이 좀 짧았어. 너 그렇게 보내고 우리끼리 많이 이야기했어. 돈 버는 게 얼마나 힘든지 알면서 너한테 많은 부담 준 것도 미안하고, 누구보다 공부도 잘했고 대학 가고 싶어 했던 너에게 우리끼리 대학 생활 이야기만 한 것도 미안했어. 친구 마음을 잘 헤아리지 못해서 정말 미안해. 우리 코흘리개 시절부터 친구였는데 너 진짜 우리 안 보고 살 수 있어? 나는 안 되더라. 너 그렇게 가고 생각 많이 했어. 좀 더 일찍 전화하려고 했는데 니가 많이 상처받은 거 같아서 기다렸어. 너무 늦게 연락해서 미안해."

친구의 말에 펑펑 울었다. 그리고 속 좁은 나 자신이 너무 한심했다.

"아니야. 나도 그렇게 헤어지고 많이 힘들었어. 먼저 전화해서 사과하려고 했는데 잘 안됐어. 그것도 자존심이라고 말이야. 부모님께 용돈 타 쓰는 너희들한테 한 번씩 술 사는 거 별로 어려운 일도 아닌데 나는 가보지 못한 대학 생활 너희들 통해 들을 수 있어서 좋았는데 괜히 내 자존심에 그렇게 화내고 짜증 낸 거지. 나도 미안해. 그리고 먼저 연락해 줘서 고마워."

역시 친구가 얼마나 소중한지 알게 되는 순간이었다.

서로가 서로에게 힘이 되어 주는 소중한 친구, 가끔은 화가 날 때도 있고 싸우기도 하지만 마음 깊은 곳에서 늘 응원해 주는 친구가 있다는 게 내 삶에 얼마나 큰 힘이 되는지 이렇게 다시 한번 깨닫는 시간이었다.

그러면서 책을 다시 한번 펼쳐 보았다. 나는 그렇게 늘 같은 곳에서 넘어지고 있었다. 어려운 가정형편 때문에 제때 대학을 못 가게 된 나의 자격지심은 그렇게 대학 생활을 자랑하는 친구들 앞에서 나왔다. 회사를 다니면서도 그랬다. 손님들을 만날 때 "어느 대학 나왔어요?"라고 물을 때마다 입으로는 "여상 나왔습니다."라고 대답하면서 마음속에는 또 불쑥 올라오는 속상함이 있었던 것이다. 역시 문제는 나에게 있었고 그런 삶 속에 자꾸 나를 가두는 것도 나였다.

그렇게 대학에 대한 자격지심과 갈망이 있었던 나는 서른 살에 야간전문대학에 입학했고, 퇴근 후, 하는 공부가 힘들었지만 2년을 정말 열심히 노력해서 장학금까지 받으며 학교를 다녔다. 스무 살 시절 대학생이 되어 MT를 가고 젊음을 불태우던 친구들의 시간을 경험하지는 못했지만 내가 번 돈으로 학교를 다니다 보니 돈이 아까워서 더 열심히 공부했고, 덕분에 장학금도 타 보는 성취감도 맛볼 수 있었다. 야간이었기 때문에 밤늦은 시간이라 캠퍼스에서의 낭만은 즐기지 못했지만 20대부터 60대에 이르는 직업도 다양한 여러 사람들과 함께 공부하고 낯선 경험들을 공유하면서 보낸 2년이라는 시간이 나에게는 참 많은 것을 얻게 해 준 소중한 시간이었다. 무엇보다 소중한 사람들을 만나게 해 준 시간이었기에 오히려 늦게 시작한 대학생활이 감사할 따름이다. 그렇게 2년을 함께 공부한 많은 사람들 중 20년이 다 되어가지만 기쁜 일 힘든 일을 함께할 수 있는 사회 친구들을 만난 덕분에 이제 내 마음속에 있는 울타리 하나는 걷어졌다.

나이가 들어서 직장을 다니면서 경험했던 대학이었기에 시간의 소중함도, 돈의 소중함도 무엇보다 사람의 소중함을 배웠다. 그리고 정말 그렇게 가고 싶어 하던 대학을 졸업하면서 이렇게 당당히 해낸 나 자신에게 스스로 박수를 보내고 나를 칭찬하면서 나에 대한 자존감이 높아졌다. 모든 문제는 나 자신에게 있고 그것을 어떻게 생각하고 받아들이냐에 따라 관점을 어디로 이동하느냐에 따라 달라질 수 있다는 것을 알고 있었지만, 이 책을 통해 다시 한번 내 삶을 돌아볼 수 있게 되었다. 그렇게 내 의식 속에 박혀 있었던 자격지심을 하나 지웠다. 그리고 내 삶을 좀 더 사랑하고, 위기를 기회로 생각할 수 있는 긍정적인 사고로 변화시켰다. 이것이 바로 독서의 힘이 아닐까 생각된다.

<엄마의 생각>

항상 같은 곳에서 넘어진 경험, 누구나 한 번쯤 있지 않을까요? 그럼에도 불구하고 잘 살아온 인생에 관해 이야기 해주세요.

___

___

___

5. 나는 어떤 엄마인가?

아이는 자신의 생존을 위해서 어머니를 필요로 한다.

아이가 대상을 요구할 때는 요구하는 대상이 그 자리에 있어야 하고 아이가 젖을 먹고 싶을 때는 젖을 먹여주고 기저귀를 갈아야 할 필요가 있을 때는 기저귀를 즉시 갈아주는 어머니를 좋아한다.

- 출처: 임종렬 지음. 『모신』. 한국가족복지연구소 -

'아이는 요구와 간섭 없이 조용히 앉아 있는 사람을 좋아한다. 아이는 기르는 사람의 영향을 절대적으로 받게 되어 있고 과도한 보호나 간섭은 아이의 성장을 방해하는 어머니가 된다.'

아들을 잘 키우고 싶은 마음 하나로 어떤 상황에서도 아들이 먼저였던 나에게 독서 모임에서 찾아온 『모신』이라는 책은 많은 생각을 하게 해 주었다. 말 그대로 엄마는 아이에게 신이라는 뜻인데 과연 나는 아들에게 어떤 엄마인지 궁금해하면서 책을 듣게 되었다. 한진주 심리학 박사님의 음성으로 듣게 된 『모신』이라는 책에서 나는 기존에 알고 있었던 부분과 함께 잘 이해하지 못했던 것들을 알게 되었다.

예전부터 어른들이 낳은 엄마보다 기른 엄마에게 아이들이 더 정이 가고 잘 따른다고 했던 이야기를 들은 적이 있는데 이 책에서도 그렇게 얘기하고 있었다. 특히 아이가 어리면 어릴수록 기르는 엄마의 양육 태도가 아이에게 큰 영향을 끼친다고 했다. 자주 들었던 말이지만 이렇게 심리학 박사의 입으로 이야기를 전해 들으니 더 가슴에 와 닿으면서 어린 시절 아들과 충분한 시간을 보내지 못한 내가 부족한 엄마라는 생각이 들어서 마음이 아프고 아들에게 미안하기도 했다.

직장을 다닌다는 핑계 아닌 핑계로 나는 아침이면 집을 나서서 저녁이 되어야 돌아왔고, 사무실 일이 바쁠 때는 밤을 새기도 했고, 너무 피곤한 날에는 모든 걸 아들을 돌봐 주시는 친정엄마에게 맡겼다. 회사 규정상 1년이라는 육아휴직의 제도는 있었지만, 현실적으로 1년을 사용할 수 없는 형편이었기에 나는 90일 출산 휴가 후 100일도 되지 않은 아들을 친정에 맡기고 출근을 했다.

나는 제왕절개 수술을 통해서 아들을 낳았다. 그래서 90일 출산 휴가 기간에는 몸을 회복하는데 더 많은 시간을 보내야 했다. 초보 엄마라서 스스로 할 줄 아는 게 아무것도 없다 보니 늘 친정엄마가 모든 것을 도와주셨고 나는 옆에서 지켜보는 구경꾼 같은 엄마였다. 삼 남매를 키웠고 조카들까지 돌봐 주신 친정엄마는 아들을 잘 돌보아주셨다. 친정엄마는 현명하고 지혜로운 분이셨다. 덕분에 나는 아무 걱정 없이 직장 생활을 잘할 수 있었다.

아들을 경제적으로 부유하지는 못하더라도 부족하지는 않게 키우고 싶은 엄마의 욕심으로 나는 열심히 일을 했다. 마음 한편으로는 직장을 그만두고 아들만 키우고 싶은 생각도 있었지만 오랜 시간 일을 했고 승진도 한 직장을 그만두기가 쉽지 않았다. 아이 아빠의 직업이 안정적이지 못하고 나보다 급여가 더 적어서 내가 일을 해야 했다. 나는 늘 일하던 습관이 몸에 배어있었기에, 아들을 믿고 맡길 수 있는 친정엄마가 계셨기에 일을 그만두지 않았다.

직장에서 힘들고 속상한 일이 있어도 퇴근해서 나를 보고 웃어주는 아들이 있어서 행복했다. 때로는 아들과 투덕거리며 아웅다웅 그렇게 보통 엄마처럼 살아오던 나에게 다가온 『모신』이라는 책은 많은 것을 깨닫게 해주었다. 아이가 자라는 과정에 엄마라는 존재가 얼마나 대단한 영향을 미치는지 알고 있었지만 이렇게 자세하게 알려

주니 나의 지난 시간을 돌아보게 되었다.

아들의 눈빛만 봐도 무엇을 원하는지 알기 위해 노력했고, 아들이 조금이라도 불편해하면 해결하기 위해 노력했다. 모든 것을 아들에게 맞추기 위해 노력했던 내 모습이 떠오르면서 결국 나의 지나친 간섭이 아들의 성장에 방해가 되었다는 것을 알게 되었다. 내가 아들을 위해서 했던 일들이 오히려 아들에게 좋지 않은 행동이었다니. 얼마나 모자라는 엄마인지 쥐구멍에라도 들어가고 싶은 마음이었다. 한편으로는 지금이라도 알았으니 얼마나 다행인가 싶기도 했다. 이제부터라도 집착과 사랑을 구분하고 아들에게 사랑을 줄 수 있는 엄마로 아들이 원하는 것을 해나갈 때 도와줄 수 있는 엄마로 살아갈 수 있으니 다행이지 않은가? 이 또한 책의 힘이고, 내가 독서 모임을 하는 이유이기도 하다.

엄마인 나의 선택으로 아들은 4살 때 아빠 없는 아이가 되었다. 그랬기에 더욱 미안한 마음에 아들이 원하는 것은 무조건 들어주었는지도 모르겠다. 엄마인 내가 늘 모든 것을 들어 주었기에 아들은 낯선 것에 대한 겁이 많았고 나에게 의지를 많이 했다. 아들이 나이를 먹고 어느새 초등학교 6학년이 되면서 이제 스스로 하고 싶은 일도 생기고, 혼자 보내고 싶어 하기도 하면서 아들도 알게 되었나 보다. 엄마가 너무 많은 걸 해 주었다는 것을 말이다.

학교를 마치고 평소에는 전화를 안 하던 아들에게서 전화가 왔다.

“엄마, 나 오늘 학원 안 가면 안 돼? 피곤하기도 하고 친구랑 놀고 싶은데 친구 데리고 집으로 가면 안 될까?”

평소에 할 일은 잘 해내는 아들이었기에 갑자기 학원을 안 가고 친구를 데리고 집으로 간다는 말에 당황했다.

“많이 힘들어? 그런데 학원 한번 안 가기 시작하면 계속 놀고 싶을 텐데. 그리고 할아버지, 할머니 집에 계시는데 친구 데리고 가면 불편하지 않겠어?”

내 말이 끝나기도 전에 아들은 짜증을 내기 시작했다.

“한 번 정도 학원 안 갈 수도 있지. 엄마는 왜 내 마음을 몰라? 그리고 친구랑 놀고 싶은데 할아버지, 할머니 계셔서 매번 못 가면 나는 어떻게 해? 엄마 미워!”

내 말은 듣지도 않고 끊어 버린 아들의 전화에 계속 신경이 쓰이고 속상했다. 퇴근 후 아들에게 이야기 좀 하자고 하니 할 말이 없단다.

“오늘 엄마한테 왜 그런 전화 했어? 엄마는 그렇게 니가 전화 끊고 나서 계속 신경 쓰여서 일도 제대로 못 했어. 너한테 미안하기도 하고 네 마음이 궁금하기도 하고 그래서 빨리 퇴근했는데 할 말이 없다고?”

나의 말에 아들은 아무렇지도 않은 척 “아, 그때는 그냥 놀고 싶어서. 지금은 괜찮아.”

'엥? 지금 아들의 이 행동은 뭐지? 엄마를 무시하는 건가? 아니면 정말 그때는 놀고 싶었고 지금은 시간이 흘러서 아무 생각도 없는 걸까?'

혼자서 별별 생각을 했지만, 아들의 마음을 이해하기 어려웠다. 가끔 이런 일들이 반복되면서 더더욱 그러했는데 『모신』이라는 책을 통해서 아들이 자라고 있음을 이런 상황이 너무 자연스러운 현상임을 알게 되었다.

조용히 곁에서 지켜 줄 수 있는 엄마. 아들이 힘들 때 울타리가 되어 줄 수 있는 엄마. 어떠한 상황에도 아들을 믿어 줄 수 있는 엄마가 되고 싶다. 아들이 어릴 때 일을 하느라 잘 보살펴 주지 못한 미안한 마음을 늘 가지고 있다. 하지만 친정엄마가 나보다 더 현명하고 지혜롭게 키워주셔서 지금 아들이 모나지 않고 잘 자라주고 있다고 생각한다. 부족한 엄마이지만 넘치는 사랑을 주는 아들이 있어서 나는 오늘도 책을 읽고 공부한다.

"아들아, 우리 지금처럼만 서로 이해하고 건강하고 행복하게 살자. 너가 엄마 아들이라서 참 좋아."

<엄마의 생각>

나는 언제나 부족한 엄마야. 그래서 늘 미안해. 그럼에도 불구하고 아들과의 행복한 일상 한 자락을 공유해 주실 수 있나요?

6. 나는 누구인가?

진짜 자존감은 어른이 되면서 시작된다.

인간이 자립한다는 것은 스스로 삶의 목적을 찾아가는 능력을 갖는다는 것이다.

인생은 답이 없는 문제를 끊임없이 풀어야 하는 일이기 때문이다

- 출처: 전미경 지음. 『나를 아프게 하지 않는다』. 지와인 -

'자존감은 내가 만든 나에 집중하는 힘입니다. 자존감은 내면적 가치에 집중하는 능력이라고 말했습니다. 나라는 사람은 무엇으로 채워야 할까?'

지금까지 나는 늘 내 주위 사람들을 의식하고 그들의 행복에 더 큰 기준을 두면서 살아왔다. 특히 가족들의 행복이 내 삶의 가장 큰

부분을 차지하고 있었다. 그렇게 나는 나보다 가족을 먼저 생각하고 챙기면서 살았던 사람 중의 한 명이었다.

결혼이라는 것을 하고 한 아이의 엄마가 되어서 평범한 가정을 꾸리고 살기 위해 노력했지만 결국 나는 싱글맘이 되었다. 서로의 잘못을 따지기 위한 끝도 없는 싸움이 싫었고, 그저 아들만 잘 키우겠다는 마음으로 홀로서기를 선택했다. 죽을 만큼 아프고 힘들었고 아무도 모르는 곳으로 떠나고 싶었지만 나와 함께 살아갈 아들을 생각하면서 버티고 또 버텼다. 싱글맘으로 살아온 시간이 어느새 9년이 되었다. 아들에게 좋은 엄마가 되고 싶었고, 그렇게 살기 위해 나는 죽을힘을 다했다. 직장에서도 이혼녀가 되어서 직장 일에 소홀해 졌다는 이야기가 듣기 싫어서 더 열심히 일을 했다. 그렇게 모든 시선을 밖으로 돌린 채 내 몸이 힘들거나, 내 마음이 아픈 것에는 관심을 두지 않고 살아온 시간들이 쌓여갈 때, '고마워 디자이너' 최덕분 대표가 소개해 준 『나를 아프게 하지 않는다』라는 책을 만났다. 제목만으로도 나에게 많은 것을 안겨 준 인생 책이다. 지금까지 나는 내가 아픈 것보다 아들이 아픈 게 더 힘들었고, 가족이 아픈 게 싫었던 사람이었기에 더더욱 그랬다. 내 속은 썩고 곪아서 더는 문드러질 곳이 없는데 가족들 앞에서는 늘 괜찮다고, 잘할 수 있다고 거짓말을 했다. 처음에는 부모님 앞에서, 아들 앞에서 많이 울기도 했지만, 어느 순간 그런 나의 모습이 바보 같고 특히 아들에게 상처를 줄 수 있다는 것을 여러 사람들에게 듣게 되면서 울지 않으려 노력했다. 다른 사람들이 나를 동정할까 봐 불쌍한 눈으로 쳐다 볼까 봐 그렇게 보이지 않는 것이 나에게는 자존심이었고, 자존감이었다. 철저하게 나를 숨긴 채 아무렇지 않은 척, 행복한 척 그렇게 사는 모습을 남들에게 보이는 것이 나를 지키는 거라고 생각했다. 그런데 이 책에서는 나에게 그렇게 살지 말라고 했다. 나를 정말 아끼고 사랑해야 할 사람은 나 자신뿐이라는 것을 알게 해 주었다. 내가 어떤 사람인지, 열심히 사는데 왜 행복하지 않은지. 왜 이렇게 부족하다고 생각되는지. 의문들이 풀리는 마법의 책이 바로 『나를 아프게 하지 않는다』였다.

'고맙습니다' 한 마디가 자신의 삶을 바꾸었다는 '고마워 디자이너' 최덕분 대표를 독서 모임 특강에서 만나 개인적으로 내가 살아가는 사명, 비전을 함께 나누고 만들어 갈 수 있는 시간을 가졌다. 독서 모임을 하고 있었기에 가능한 일이었고, 무엇보다 독서 모임을 주관해 주시는 대표님 덕분에 최덕분 대표에게 코칭을 받을 수 있었다. 그렇게 나를 알아가는 시간을 가지는 첫걸음을 내디뎠다.

책 속에서 말했다. 자존감은 나의 자율성을 높이기 위한 각성에서부터 시작된다고. 어떤 일을 결정할 때 주변 사람들과 먼저 상의를 하고, 다른 사람들의 시선에 쉽게 상처를 받고 내가 하고 싶은 대로 선택할 수 있는 자유가 별로 없다고 느끼는 일이 많은 나는 책에서 말하는 것처럼 자율성이 부족했다. 앞에서도 말했지만 나보다 가족의 행복이 우선이었고 남의 시선을 많이 의식했던 나였기에 자존감이 낮은 게 당연했다. 그리고 나는 늘 내가 하고 싶은 것보다 가족들이 하고 싶은 것, 그리고 아들이 하고 싶은 것을 먼저 선택했다. 내 상황이 그랬기에 하고 싶은 것을 선택할 수 있는 자유가 없었다. 그동안 내가 왜 그렇게 힘들었는지, 눈물이 나고 속상했는지, 내 삶이 왜 그렇게 아프기만 했는지, 조금씩 알아차리게 되었다. 나는 남에게 먼저 싫다고 말하는 걸 잘 못하는 사람이었고 거절하는 게 힘든 사람이었으니 어찌 내가 힘들지 않았을까?

퇴근하면서 집에 들어설 때는 '오늘 아들이 할아버지, 할머니 말씀을 잘 들었을까? 오늘은 또 어떤 일로 혼이 났을까?'

집안 분위기를 읽고 친정엄마의 눈치를 보는 나였다. 이혼하면서 아들의 양육을 부모님께 맡긴 이후부터 생긴 버릇이었다.

'오늘 아들은 학교에서 어떤 하루를 보냈을까? 힘들지는 않았을까?'

아들의 기분부터 살펴봐야 하는 나였다. 이런 나에게 자존감이라는 게 있었을까? 아니 나를 돌봐 줄 여유가 있었을까? 이런 상황에 나를 돌아본다는 것은 사치였다. 부모님이 계시지 않으면 아들을 믿고 맡길 곳도 없었다. 이런 상황을 누구보다 잘 아는 내가 나를 돌아보겠다고 내 시간을, 내 자유를 가지겠다는 말을 할 수 있을까? 당신들의 인생을 포기하고 딸을 위해 손자를 맡아 길러 주는 부모님 앞에서 이런 말도 안 되는 이야기를 할 수 있을까? 아무리 생각해도 말도 안 되는 소리였고, 부모님을 두 번 죽이는 나쁜 딸이라는 생각에 내 자존감이 지하동굴로 떨어져도 내색할 수 없었고, 그것만이 지금 내가 부모님께 할 수 있는 효도로 생각하고 버티어 내고 있었다. 그리고 너무 어렸기에 본인의 의지와 상관없이 엄마와 살게 된 아들에게도 나는 모든 걸 해 주어야 한다고 생각하면서 살아왔다.

독서 모임을 통해서 새로운 사람들을 만나고 새로운 책들을 만나면서 나는 지하동굴에서 조금씩 빛을 바라볼 수 있는 세상으로 걸어 나오기 시작했다. 독서 모임을 처음 시작할 때가 토요일 새벽 시간이었다. 평일에는 부모님께서 아들을 돌봐 주셨기에 주말만큼은 내가 아들과 함께 해야 하는 게 당연한 거였는데, 갑자기 나를 찾겠다고 혼자만의 시간을 달라고 했을 때 부모님은 반대했다. 늘 부모님의 말씀에 순종하면서 살았던 내가 무슨 생각이었는지 독서 모임만큼은 꼭 가겠다는 마음으로 부모님께 혼이 나도, 엄마랑 놀고 싶다는 아들의 울음 섞인 투정에도 개의치 않고 독서 모임에 참여했다. 그리고 그 속에서 조금씩 변화되어 가는 나 자신을 만나게 되었다. 그런 나를 보면서 부모님도 조금씩 인정해 주기 시작하셨고, 아들도 엄마의 시간을 인정해 주었다.

코로나 덕분에 비대면으로 독서 모임을 하게 되니 내 마음도 편해졌다. 그렇게 나 자신을 알아가고 나를 채워가는 시간이 확보되면서 나의 자존감도 조금씩 높아지기 시작했다. 좋은 사람을 만나려면 먼저 좋은 사람이 되라는 말이 있는 것처럼 나를 존중하는 사람과 관계를 맺고 싶다면 나부터 자존감이 높은 사람이 되어야 한다고, 자존감이 높은 사람은 자신을 존중하는 사람을 좋아한다고 이 책에서 말한다.

나 자신을 미워하고 싫어하던 내가 조금씩 나를 인정하고 토닥여주면서 나를 사랑하기 시작하니 아들도 더 많이 웃고 남의 눈치를 잘 보지 않게 되고 내 주위에 긍정적이고 행복한 사람들이 많아지기 시작했다. 아니 그런 곳으로 내가 이동하고 있다는 표현이 정확할지도 모르겠다. 내가 되고 싶은 엄마의 모습이 아니라 내가 잘할 수 있는 엄마의 모습을 찾는데 집중하는 것이 자존감을 가지는 것이라면 지금 나는 무엇을 해야 할까? 나는 누구보다 아들을 사랑한다. 어떤 상황에서도 나는 아들을 믿고 아들에게 엄마 나무가 되어서 든든한 울타리가 되어 주고자 선택했다.

나는 따뜻한 사랑을 온몸으로 전달하고 글로 표현할 줄 아는 엄마다.

나는 아들과 소통 할 줄 아는 지혜로운 엄마다.

나는 아들이 원하는 곳이라면 언제든 함께 갈 준비가 되어 있는 엄마다.

나는 아들이 원하는 꿈을 이룰 수 있도록 도와줄 준비가 되어 있는 엄마다.

나는 언제나 아들을 응원하는 엄마다.

그리고 나는 이렇게 내가 잘하는 것에 집중하면서 자존감 높은 엄마로 내가 하고 싶은 것을 선택하면서 자존감 높은 김민주로 세상을 살아내기 위해 지금도 책을 읽고 글을 쓴다.

<엄마의 생각>

진짜 나를 찾기 위해 노력한 적이 있나요? 자신감보다 중요한 자존감을 높이는 방법을 우리 함께 찾아볼까요?

7. 작은 습관의 위대한 힘

작게, 사소하게, 가볍게 시작하라!

지킬 수 없는 '위대한 목표'보다 지킬 수 있는 '사소한 행동'이 당신의 인생을 극적으로 바꾼다!

습관을 한심할 정도로 작게 만들어라!

- 출처: 스티븐 기즈 지음. 『습관의 재발견』. 비즈니스북스 -

인생을 사는데 목표는 반드시 필요하다는 이야기를 많이 들어왔다. 목표를 이루기 위해서 내가 해야 할 일이 있고, 그 일을 내 몸이 자연스레 인지하도록 습관을 만들어야 한다는 것. 내 나이 정도가 되면 누구나 알고 있는 상식적인 이야기다. 또한, 이런 상식적 이야기가 어렵고 힘들다는 것도 누구나 알고 있다. 그런데 어려운 목표 달성이 작은 습관을 통해 가능하다고 하니 믿어지지 않았다.

'웃기네. 한심할 정도로 작은 습관이 성공을 불러온다고? 하루에 팔굽혀 펴기 한 번? 지금 농담하는 거야? 하루에 불필요한 물건 하나씩 없애기? 하루에 두세 줄씩 글쓰기? 그렇게 해서 책 한 권이 언제 써지겠냐! 그게 무슨 목표라고!'

하지만 강한 부정 속에서도 책 속의 이야기들이 들려오면서 독서 모임 진행자들의 경험 공유에 인정이 되기 시작했다. 책 속의 저자가 적어놓은 글을 다시 읽어보면서 나는 어떤 작은 습관을 가질 수 있을지 기록해 보았다.

하루에 윗몸 일으키기 한 번 하기, 하루에 책 3줄 읽기, 하루에 2분씩 아들과 대화하기. 일단 세 가지의 목표를 설정했다. 적어놓고 보아도 너무 하찮게 보여서 피식 웃음이 났다. 그런데 이상하게 믿음이 생겼다. 이미 성공한 사람들이 된다고 하니까 믿고 해 보자는 생각이 들었다. 내가 설정한 세 가지 목표를 잊어버릴 수도 있으니 아들에게 미리 얘기를 해두었다. 그러면서 자연스럽게 아들에게도 작은 목표 하나를 설정해 보자고 했다. 아들이 대뜸 나에게 물었다.

"엄마, 지금 나한테 뭐 시키고 싶은 거 있는 거지?"

속으로 뜨끔했다.

'아니, 이 녀석이 어떻게 내 마음을 알았지? 평소에 내가 많이 그랬구나.'

"우와! 아들 도사 다 됐네. 그래. 너한테 한 가지 목표를 제안하고 싶은 게 있어."

"그게 뭔데? 너무 힘든 거면 나 안 할 거야."

아들의 대답에 얼른 답했다.

"우리 아들, 요즘 휴대폰 보는 시간 많은 거 알지?"

"응. 그런데 엄마, 휴대폰 못 보게 하는 걸 목표로 줄 거야? 그럼 나 못해. 아니 안 해. 휴대폰 가지고 노는 게 얼마나 재미있는데."

아들의 목소리에는 불안과 짜증 섞여 있었다. 그리고 단호했다. 나도 순간적으로 욱하고 짜증이 올라왔다. 일단 한숨을 한번 내쉬고 이야기를 이어갔다.

"아들, 작은 습관은 한심해 보일 정도로 작은 거라고 엄마가 책에서 배웠거든. 그래서 말인데 아들이 매일 하루에 1분씩만 휴대폰 보는 시간을 줄이는 거 해 줄 수 있을까?"

1분이라는 내 말에 아들의 얼굴은 환해졌고 흥분된 목소리로 대답했다.

"당연하지. 1분이라면 60초? 그건 할 수 있어."

"고마워. 그럼 지금부터 휴대폰 끄는 시간을 1분씩 당겨보자."

"아니. 끄는 시간을 1분 당기는 거 말고 시작하는 시간을 1분 늦게 할게. 그래도 되는 거 아냐?"

"당연히 되지. 목표로 정한 건 휴대폰 사용 시간을 1분 줄이는 거니까 시작이든 끝이든 상관없어. 그런데 왜 시작을 늦게 한다는 건지 궁금한데 말해 줄 수 있어?"

"학교 갔다가 늦게 오거나 숙제가 많은 날에는 휴대폰 켜는 시간이 늦어지거든. 그러니까 끝나는 시간을 1분 더 줄이게 되면 내가 손해 보는 거잖아. 그래서 시작하는 시간을 1분 늦게 하려고."

예전에는 엄마가 소리 지르면 겁도 내고 말도 잘 듣던 아들이 어느새 이만큼 자랐구나 싶었다. 고마움과 함께 조금 서운한 마음도 들었다. 그렇게 아들과 나는 각자의 목표를 정해 놓고 서로에게 도움을 주는 작은 습관을 실천하고 있다. 며칠 전에 윗몸 일으키기 하는 걸 깜빡하고 불을 끄고 누웠더니 아들이 갑자기 벌떡 일어나 불을 다시 켰다. 동그랗게 눈을 뜬 나에게 아들이 말했다.

"엄마, 오늘 그거 안 했잖아. 그거. 누워서 일어나기 하는 거."

내가 아들에게 이야기해 두지 않았더라면 그냥 자 버렸을 텐데 엄마의 성공을 도와주는 아들이 대견했다. 어느 정도의 시간이 흐르고 나니 습관을 잊어버리지 않게 되었다. 이제 윗몸 일으키기를 하루에 5번 정도는 해낼 수 있게 되었다. 마음먹고 하면 더 할 수도 있겠다는 힘이 생겼다.

'하루 한 번'이라는 작은 목표였다. 기록했고 아들에게 이야기했고 나도 할 수 있는 사람이라는 것을 보여 주고자 시작했다. 작은 습관은 나에게 자신감을 만들어 주었고, 아들과 소통할 기회를 주었다. 엄마인 내가 매일 하고 있으니 아들도 자연스럽게 휴대폰 사용 1분 줄이기를 잘 해내고 있다.

독서 모임을 하지 않았더라면, 책을 읽지 않았더라면, 각자의 길에서 성공한 사람들의 경험을 듣지 않았더라면 생각지도 못한 일이었다. 독서가 주는 영향력을 몸으로 경험하고 그 경험을 통해 조금씩 조금씩 성장해 가는 나를 본다. 또한 주위 사람들에게 독서 모임의 필요성을 나누는 사람으로 살아가고 있다. 그리고 독서 모임의 필요성과 감사함을 이렇게 글로도 쓸 수 있는 사람으로 살아가고 있다. 무엇보다 아들에게 잔소리를 많이 하지 않는 엄마가 되어 가는 게 참 좋다.'작은 습관 실천하기'를 어쩌면 나보다 아들이 더 좋아할지도 모르겠다. 책을 읽고, 글을 쓰고, 공부를 하면서 시간을 보내는 나를, 아들은 함께 응원하고 도와준다.'역시 우리 아들은 똑똑하고 지혜롭구나'라는 생각도 들고, 아들의 깊은 생각에 마음이 아프기도 하다. 또래보다 훨씬 더 생각이 깊은 이유가 아들이 살아가는 환경 때문이 아닐까 싶어서다. 그런 환경을 만들어 버린 내가 미워지기도 하지만 이제는 누구보다 당당하고 밝게 세상을 살아가기 위해 노력하는 엄마의 모습을 보여 줄 수 있어 다행이다.

책을 통해 내 삶을 돌아보고 나의 발전을 위해 선택과 실천을 하는 사람이 되었다. 누군가의 삶에 선한 영향력을 줄 수 있는 그런 사람도 되고 싶다. 나는 오늘도 이런 마음으로 책을 읽고 글을 쓴다. 그리고 반복하고 또 반복한다. 지금보다 한걸음이라도 더 나아질 수 있다면 그걸로 충분하다고 나를 믿어준다. 아들을 믿고 내 주위 사람들을 믿으면서 오늘 하루도 잘 살아낸 나에게 응원의 박수를 보낸다.

"잘하고 있고 앞으로도 더 잘할 테니까 힘내! 민주야."

살아갈 날이 살아온 날보다 많은 나에게 스스로 칭찬하는 이 순간, 눈가가 촉촉해지는 건 무슨 의미일까?

<엄마의 생각>

여기까지 잘 살아온 우리입니다. 지금의 내가 있기까지 나를 도와준 작은 습관 한 가지를 소개해 주세요.

8. 그건 니 생각이고

인간관계의 고민을 단숨에 해결하는 방법.

누구도 내 과제에 개입시키지 말고 나도 타인의 과제에 개입하지 않는다.

과제의 분리는 인간관계의 최종 목표가 아니야. 오히려 입구라고 할 수 있지.

- 출처: 기미시 이치로·고가 후미타케 지음. 『미움받을 용기』. ㈜인플루엔셜 -

'그건 니 생각이고, 이건 내 생각이잖아.'

냉정하게 상대와의 과제를 분리하라고 한다. 그건 "네 생각이지." 라고 말할 수 있어야 한단다. 그게 인간관계의 입구란다.

『미움 받을 용기』 이 책은 제목부터 심상치 않다. 나보다 윗사람에게 내 생각을 분명히 말하라는데 과연 그렇게 했을 때 상대의 반응은? 생각만 해도 아찔하다.

"이게 미쳤나? 지금 누구한테 대드는 거야? 회사를 그만두고 싶어."

분명히 이렇게 말할 텐데 나한테 과제를 분리하라고 하니 어떻게 할 수 있단 말인가? 나는 지금 회사를 그만두면 안 되는 상황인데 이렇게 미움 받을 용기로 덤비다가 진짜 해고라고 당하면 아들하고 뭘 하면서 먹고 살 수 있단 말인가?

'똥이 더러워서 피하지. 무서워서 피하나? 목구멍이 포도청인데 이런 용기를 가질 수 있어?'

말도 안 되는 소리라고 내 머릿속에서 외치고 있었다.

독서 모임에 앉아 있는 사람들 대부분이 나와 같은 생각이라 믿어 의심치 않았다. 역시 여기저기서 그게 가능하냐는 말이 나오기 시작했다. 진행자는 말했다.

"그렇지요? 당연히 어렵지요. 여러분들이 염려하는 부분도 잘 알고 있어요. 하지만 타인의 과제에 신경 쓰느라고 내가 할 일을 못 하고 살면 괜찮을까요?"

'도대체 뭐지? 이 말도 맞다. 남한테 신경 쓴다고 스트레스 받고 내가 할 일을 못 하고 산다면 그것 또한 힘들고 속상하지 않을까?'

이 말도 맞고 저 말도 맞고 갈팡질팡하면서 읽어 내려가는 책에서 미움 받을 용기를 하나씩 만나게 되었다. 그리고 나 역시 미움 받을 용기를 가지고 내가 원하는 삶을 살아보자는 다짐을 했다.

쉽지 않을거라 생각했지만, 한번 시도해 보고 싶었다. 주말 독서 모임에서 배운 대로 윗사람에게 의견을 당당히 말해 보리라 다짐을 하고 출근했다.

임원 회의가 있는 날 공식 석상에서 나는 이사장님께 제대로 건의를 해 보리라 다짐하고 이야기를 시작했다.

"이사장님, 사무실 안에서 일하는 사람은 저희 직원들입니다. 이사장님께서는 외부에 나가서 영업을 하셔야 합니다. 직원들이 업무를 하는 동안 새로운 고객을 만나서 데리고 오고, 지인분들에게 영업을 해서 신규 고객을 늘리는 일을 하셔야 합니다. 사무실에 계속 앉아 계시지 말고, 좀 움직이십시오."

자기보다 아랫사람인 나의 말에 이사장님은 황당한 표정에 짜증 섞인 목소리로 말했다.

"내가 무슨 빚쟁이도 아니고 아는 사람들한테 계속 돈 얘기를 해야 하나? 그리고 내가 이사장인데 나가서 영업을 하라고? 그런 일은 직원들이 해야지 내 체면도 있는데……. 안 그래? 지금 나한테 시비 거는 거야?"

짜증 섞인 이사장님 이야기에 예전 같으면 그냥 포기했겠지만, 이

왕 시작하기로 마음먹은 거 한번 해 보자는 오기가 생겼다.

"이사장님, 그건 옛날 생각입니다. 요즘은 은행도 지점장이 다니면서 영업을 합니다. 직원들이 나가서 영업을 하는 것에는 한계가 있습니다. 하루라도 더 오래 사셨고, 이제 어느 정도 여유를 가진 이사장님 연배의 사람들은 아무래도 현금도 더 가지고 있으니 적극적으로 유치하셔야 합니다. 체면을 생각해서 못한다고 하시면 이사장님 자리에 앉아 계실 이유가 없다고 생각됩니다. 자리만 지키는 건 초등학생도 할 수 있으니까요. 이사장님 기분 나쁘라고 드리는 이야기가 아니라 같이 마음 맞추어서 경영을 잘하고 싶어서입니다."

지지 않고 계속되는 내 이야기에 이사장님은 큰 소리를 내기 시작했다.

"지금 어디서 겁도 없이 나한테 대드나? 내가 초등학생보다 못하단 말인가? 어른한테 무슨 말을 이렇게 버릇없이 하나? 가정교육이 엉망이구만."

충분히 설명해도 내 말에 화만 내고 가정교육을 탓하는 이사장님 이야기에 나도 화가 났다.

"이사장님, 지금 여기서 가정교육 이야기는 왜 나오는 겁니까? 회사일 얘기하다가 우리 부모님 이야기는 왜 하세요? 윗사람이 되어서 아랫사람의 이야기를 무조건 기분 나쁘게만 생각하시고 가정교육을 탓하는 이사장님께서는 얼마나 가정교육을 잘 받으셨나요?"

발끈하고 대드는 나를 이사장님은 기가 차듯 보고 계셨고, 지켜보던 임원들이 내 편을 들어주었다.

"상무 하는 이야기가 다 맞는 말이네. 이사장이 매일 사무실에 앉아서 할 일 없이 빈둥거리는 것도, 근처에 나가서 놀기만 하는 것도 회원한테서 말이 나오고 있고, 우리가 보기에도 이사장이 금고 경영에 너무 관심이 없는 것 같아서 걱정이 되는데, 상무 말대로 이사장 행동을 좀 바꿔야 하지 않겠나?"

임원들까지 내 편을 들자 이사장님은 노발대발했다.

"왜 다들 나한테만 그러세요? 이사장 혼자서 일을 합니까? 임원들도 도와주어야지요."

"이사장도 안 하는데 우리가 뭐 하러 나서서 하나? 이사장부터 열심히 하면 당연히 우리도 도와주지 않겠나?"

의도치 않게 이사장님과 임원들이 각자의 주장을 펼치면서 분위기가 냉랭해졌다.

"이사장님, 임원들도 걱정돼서 하는 말이니까 이사장님께서 한 번 더 회사 입장에서 생각해 주시면 좋겠습니다. 그리고 제 이야기에 기분 나쁘셨다면 죄송합니다. 아까도 말씀드렸지만 저는 제가 다니는 회사가 잘 되길 바라는 마음이 제일 먼저입니다."

여전히 분을 삭이지 못한 이사장님은 일단은 알겠다고 하며 회의를 종료했다. 그리고 퇴근 시간에는 인사조차 하지 않고 퇴근을 했다.

그렇게 미움 받을 용기를 내어서 나의 과제와 상대의 과제를 분리를 시킨 첫날 사무실 분위기는 완전 엉망이 되어 버렸다. 내 마음 한 구석에는 이사장님이 내일도 와서 난리 치면 어쩌지? 하는 두려움도 있었지만, 책의 힘을 믿었고 나의 진심이 전해졌을 거라고 믿었다.

다음 날 아침, 여전히 이사장님 인상은 별로였고 나에게 괜한 시비를 걸어왔다. 만약 나에게 책을 통한 경험과 사람들의 이야기가 없었더라면 나 역시 이사장님의 그런 행동에 같이 화를 내고 스트레스를 받았겠지만, 이번만큼은 내가 생각해도 신기하리만큼 달라져 있었다.

'그래, 지금 저렇게 행동하는 건 이사장님 생각이고, 스트레스를 받지 말고 내 할 일을 제대로 해내자.'

속으로 이렇게 나에게 주문을 걸면서 이사장님이 시비를 걸어도 신경을 쓰지 않았다. 그랬더니 이런 내 모습에 더 화가 났던지 이사장님은 아이처럼 하루 종일 사사건건 시비를 걸기 시작했다. 그럴 때마다 나는 속으로 너와 나는 다르다는 것을 계속 생각했고, 내 할 일만 집중했다. 퇴근 시간이 다 되어 가니 이사장님께서 나를 불렀다.

"김 상무, 어제 나한테 그렇게 행동한 거, 왜 사과를 안 하나?"

"이사장님, 무슨 말씀이신지 모르겠습니다. 어제 분명히 저는 사과드렸고 그렇게 얘기한 이유도 말씀드렸습니다. 이사장님께서 듣고 싶은 이야기만 듣고 제 말을 제대로 다 듣지 않으신 것 같습니다."

'이것이 제대로 미쳤구나'하는 표정으로 나를 바라보던 이사장님은 기가 차다는 듯이 말했다.

"그건 사과가 아닌 것 같은데, 제대로 사과를 해야지?"

"이사장님, 제가 무엇을 잘못했는지 모르겠습니다. 어제 제 말에 기분이 나쁘셨다면 분명히 사과했고, 제가 그런 말을 한 이유도 말씀드렸습니다. 하실 말씀 없으시면 나가보겠습니다."

뒤에서 소리를 지르는 이사장님을 모른 척하고 나는 내 자리로 돌아와서 업무를 마무리했다. 한참을 안에 계시던 이사장님은 나를 다시 부르셨고, 그 자리에서 나에게 어제 했던 이야기는 알아들었다고 노력해 보겠다고 하셨다. 무슨 이유로 마음이 변한 건지는 알 수 없었지만, 이사장님의 말씀에 나도 이사장님께서 영업하는데 도울 수 있는 일이 있으면 잘 협조하겠다고 이야기했다. 그렇게 조금씩 서로의 입장을 이해하지만, 여전히 100% 이해는 되지 않는 것이 지금까지 살아온 우리의 삶이었으니. 이사장님의 화내는 행동도 잘못된 것이 아니고, 당당히 요구하는 내 행동도 잘못된 것은 아니라는 것을 책을 통해 한 번 더 생각하게 되었다.

지금도 가끔 마찰을 일으키기도 하고 나와 다른 의견에 스트레스를 받고 화가 나기도 하지만 예전에 비하면 많이 편안해졌다. 상대를 바꾸기 위해 애쓰던 시간도 줄어 가고 있고 그 시간에 오히려 나를 돌아볼 수 있어서 더욱 행복하게 지낼 수 있다는 것도 알게 되었다.

'김민주, 너 대단한데. 이사장님께 당당하게 맞서다니 그러다 잘리면 뭐 먹고 살려고? 잘려도 설마 굶어 죽기야 하겠어. 뭐든지 해 보지 뭐.'

나 혼자 묻고 답하고 슬며시 내 입가에 미소가 묻어났다.

<엄마의 생각>

미움 받을 용기로 아니 죽기 살기로 살면서 부딪혀 본 적이 있을까요? 지금의 내가 있기까지 나를 지켜 준 것이 있다면 이야기 해주세요.

___

___

___

9. 너나 잘 하세요!

아이가 간신히 친해진 책과 절교하지 않는 방법.

아이가 책을 읽고 난 뒤 테스트를 하는 것이다. 엄마 마음은 늘 궁금하다.

아이가 책의 내용을 다 이해했는지 느낀 점은 무엇인지 줄거리는 무엇인지 너라면 어떻게 했을 것 같은지 시험을 하려고 한다. 그런데 그 시험에 절대로 들어서는 안 된다.

- 출처: 김윤수 지음. 『행복한 영재로 키우는 엄마의 책 읽기』. 푸른육아 -

아이에게 책 내용이 너무 궁금해서 줄거리를 물어보았다. 그때 아이가 못마땅한 표정으로 말했다.

"엄마에게 얘기해 주려고 책 읽는 거였어요?"

엄마의 욕심으로 아이가 책과 이별하는 일은 없어야 한다. 엄마도 그 시간에 함께 책을 읽는 것이 아이와 책을 절친이 되게끔 만드는 방법이다. 아이가 나보다 나은 삶을 살기를 바란다면 책을 읽어라.

『엄마가 책을 읽으면 가족의 미래가 바뀐다!』라는 김윤수 작가의 책을 읽고, 저자의 강의도 들었다.

'맞네. 김윤수 작가 말이 다 맞네. 책 잘 읽고 재미있는데 엄마가 와서 줄거리 물어보고 제대로 읽었는지 테스트한다면 얼마나 짜증이 날까?' 하는 생각이 들었지만, 한편으로는 '흥! 웃기시네. 본인은 작가니까 이런 말을 할 수 있는 거 아닌가? 평범한 엄마인 나는 아들이 제대로 책을 읽었는지 너무 궁금한데 어떻게 안 물어볼 수 있을까? 물어보면 진짜 책 읽는 재미가 없어질까? 아이들마다 다르지 않을까?'

작가의 의견에 쉽게 동의가 되지 않았다. 그동안 내가 그런 행동을 하고 있었기 때문에 동의가 되지 않았던 걸까.

아들이 어릴 때는 책 읽는 것을 좋아했다. 물론 나 역시 이 책의 저자처럼 책을 많이 읽어 주는 엄마였다. 아들은 책을 읽고 나면 내가 물어보지 않아도 책에서 본 것들에 대해 얘기해 주었고,

궁금한 건 늘 먼저 물어보던 아이였다. 이런 아들이 휴대폰 게임에 집중하면서 책을 보는 시간이 줄어가고 있음을 느끼면서 걱정이 되었다. 다행히 이런 시기에 나는 엄마 수업을 통해서 김윤수 작가를

만날 수 있었고, 덕분에 불안한 내 마음을 조금씩 줄여나갈 수 있었다. 어린 시절부터 아이들을 독서로 키워 오던 저자는 말했다. 아이들에게 자꾸 시험하려 하지 말고 그냥 엄마인 내가 본보기가 되라고, 엄마인 내가 먼저 책을 읽고 그런 모습을 보여 주라고, 그걸로 이미 충분하다고. 엄마인 내가 책을 읽으면 아들도 예전처럼 책을 읽겠구나. 휴대폰 하지 말라고 잔소리 만 번 하는 것보다 책 읽는 엄마의 모습을 한 번이라도 직접 눈으로 보여 주는 것 중요하다.

그런데 참 쉬운 일은 아니다. 해야 할 일이 많은데 독서 하는 시간까지 만든다는 게 말이다. 그런데도 지혜로운 엄마가 되기 위해 아니 아들이 나보다 나은 삶을 살기 바라기 때문에 책을 읽어야 한다는 저자의 이야기에 백 퍼센트 공감이 되었다.

그리고 아이들에게 책을 읽고 난 뒤 독후감을 써내야 할 것처럼 줄거리를 묻고 생각을 묻는 행동을 하지 말라고 했다. 그게 좋은 말인 건 알겠는데 이렇게 잘 될까 하는 의문이 들었다. 아들이 책을 읽을 때마다 나는 아들이 책을 통해서 무엇을 배우고 느끼는지 자주 물어보았다. 그리고 노트에 기록을 남기자는 얘기를 한 적도 있었다. 이런 나의 행동이 아들에게서 책을 멀리하게 된 이유가 되어 버린 건 아닌지 강의를 듣는 내내 생각하게 되었고 미안한 마음이 가득했다. 물론 이런 이유로 아들이 책을 멀리하게 된 게 아니라는 사실을 알면서도 괜한 자격지심이 생긴 것이다. 휴대폰이라는 신문물을 만나면서 친구들과 함께 게임을 하고 유튜브를 보다 보니 자연스레 책 읽는 시간이 줄어들 수밖에 없었을 것이다. 이런저런 걱정에 쌓여 있는 나에게 저자의 강의는 더 깊숙이 파고 들었다. 어떻게 해서든지 아들이 예전만큼은 아니더라도 책을 읽을 수 있도록 환경을 만들어야겠다는 생각이 들었다.

나는 회사를 마치고 집에 오면 아들이 보는 앞에서 공부도 하고 책도 읽고 글쓰기도 했다. 그런데 아들은 그런 나를 보면서도 휴대폰 삼매경에 빠져 있었다. 그런 아들을 보고 화가 나지 않는 엄마가 있을까? 나도 모르게 잔소리를 하게 되고 책 좀 읽으라고 화를 내고 있는 내 모습을 보면서 다시 한번 다짐을 했다.

'그래, 자꾸 책 읽으라고 잔소리하지 말고 지금처럼 꾸준히 내가 책 읽고 공부하는 모습을 보여 주면 틀림없이 아들도 좋아질 거야. 김윤수 작가도 얘기하고 있잖아. 아이들에게 강요하지 말고 엄마인 내가 잘하면 된다고.'

그때 문득 '너나 잘 하세요!'라는 영화 대사가 생각났다.

'그래, 어릴 때는 책을 많이 읽었고, 또 책을 좋아하는 아들이니까 틀림없이 내가 환경을 만들어 주기만 한다면 휴대폰 게임 시간도 줄어들 거야.'

기대 아닌 기대를 갖고 그때부터 나는 평소보다 더 많이 책 읽는 모습을 아들에게 보여 주었다.

그리고 토요일이나 일요일 이틀 중 하루 2시간씩은 꼭 둘이서 데이트를 하러 나갔다. 물론 각자가 읽을 책을 챙겨서 말이다. 우리 둘만의 데이트는 대부분 커피숍이었다. 맛있는 음료와 가끔은 빵도 먹으면서, 아들과 나는 스스로 선택해서 가지고 간 책을 읽었다. 그리고 배운 대로 아들에게 책의 내용에 대해서 느낀 점도 아무것도 묻지 않았다. 매일 이런 시간을 가지고 싶었지만, 이 또한 엄마인 나의 욕심이라는 것을 알았다. 학교 갔다가 학원 마치고 집에 돌아와서 숙제하고 나면 길어야 두세 시간 정도 자유 시간을 누리는데 그것까지 못 하게 하면 아들이 너무 답답할 것 같았다. 나는 초등학교 시절에 지금의 아들처럼 학원을 다니지 않았기에 놀 시간이 많았다. 그래서 어쩌면 책을 더 읽었는지도 모르겠다. 아들의 입장에서 한 번 더 생각하고 평일만큼은 아들에게 자유를 주고 대신 주말에는 함께 책을 읽는 시간을 가지기로 아들과 합의를 했다. 물론 처음에는 순순히 아들이 합의를 해주지 않길래 약간의 협박도 하고 엄마의 압력을 사용하기도 했다. 그렇게 나는 김윤수 작가의 강의를 통해 아들의 입장을 조금은 이해해 주는 엄마가 되었다.

나는 진짜 독서 모임을 통해서 얻은 게 너무 많은 수혜자다. 나 자신을 알게 되고, 의식을 성장시키고, 가족과의 관계 특히 아들과의 관계도 좋아지는 결과를 얻었으니 말이다. 김윤수 작가의 말처럼 얼마 전에는 아들이 자기가 읽었던 책에 대해서 먼저 이야기를 해 주었다. 책 속의 내용을 신나서 얘기하고 책을 읽으면서 어떤 생각이 들었는지도 말해주고 엄마인 내 생각도 물어보았다. 예전에 책을 좋아하던 아들로 돌아간 듯한 생각이 들어서 진짜 기분이 좋았다. 역시 나보다 먼저 경험한 사람들의 이야기를 귀 기울여 듣고 적용할 줄 안다면 그 효과를 고스란히 내가 받을 수 있다는 것을 몸으로 체험했다. 그러면서 김윤수 작가의 책 속에 들어있는 또 다른 책과 저자의 강의 때 추천해 준 책들을 샀다. 요즘은 책 쇼핑을 할 때마다 거의 10만 원이 넘는 거금이 들어간다. 한동안 책 쇼핑을 많이 하다가 사는 게 바쁘다는 핑계로 소홀했던 시간들이 있었는데 지금은 바쁜 중에도 하루 한 줄이라도 책을 읽기 위해 노력하고 있다.

그리고 독서 모임을 하면서 들었던 말 중에 좋은 책을 소개해 주는 것은 정말 에너지가 필요한 일이고 큰 재산이 된다고. 지금 당장 읽지 못하더라도 책을 사 두고 나중에 읽어도 좋다는 말들이 생각났다. 그래서 나 역시 책을 다 읽지 못하면서도 일단 소개해 주는 책들은 사 두었다. 책장에 책이 늘어나고 있지만, 예전처럼 마음에 부담이 생기지는 않는다. 지금 당장 못 읽어도 괜찮다는 것을 이제 알았으니 말이다. 시간이 날 때마다, 생각이 날 때마다 책을 읽을 수 있는 여유도 생겼고, 이런 나를 보면서 아들도 다시 어린 시절처럼 주말에는 함께 책을 읽고, 데이트할 수 있는 시간을 즐기고 있었다.

내년이면 중학생이 될 아들이지만 아직은 엄마인 나와 시간을 함께 보내는 것이 좋다고 말해 주는 아들과 최대한 많은 추억들을 만들기 위해 나는 오늘도 커피숍에서 둘만의 데이트를 즐긴다. 책을 읽고 맛있는 음료를 같이 마시고 차 안에서 재잘재잘 아들의 게임 이야기도 들을 수 있는 누구에게도 방해받지 않는 둘만의 시간을 누릴 수 있음에 나는 행복한 엄마이다.

아들이지만 감성이 풍부해서 늘 엄마인 나에게 딸같이 애교도 부려 주고 내가 힘들어하면 어깨도 만져 주는 고마운 아들! 애교 없는 나를 닮지 않아서 다행이다 싶다. 주말이면 늘 한편씩 글을 쓰기로 했는데 어제 바빠서 오늘 두 편 쓰느라고 컴퓨터 앞에 오래 앉아 있으니 아들이 뒤에서 묻는다.

"엄마, 오늘은 왜 이렇게 글을 오래 써? 나 유튜브 좀 보면 안 돼? 유튜브는 아이스크림 먹으면서 컴퓨터로 보는 게 제맛인데."

내가 힘들까 봐 걱정하는 줄 알았는데 아들의 뒷말에 제대로 한 방 맞았다. 이럴 때 쓰는 말이 있다. 착각은 자유. 애교 가득한 말투로 내 옆에 붙어 있는 아들이 신경 쓰여서 빨리 글을 마무리해야겠다는 생각이 든다.

오늘도 아들과 함께 하는 나는 정말 행복한 엄마다.

<엄마의 생각>

책 속에 길이 있다!

책을 통해서 배운 것을 직접 실천해서 내 삶에 도움이 된 경험 한 가지 소개해 주세요.

10. 잘하는 게 뭐니?

나는 무엇을 잘할 수 있는가? 나의 적성을 찾아보자.

필살기 포인트는 철저하게 자신을 활용하는 것이다. 가장 잘하는 재능에 일을 연결 시켜 그 일을 집중 계발함으로써 나만의 필살기를 창조해내기 위해서다.

- 출처: 구본형 지음. 『구본형의 필살기 죽을 때까지 프로로 사는 법』. 다산라이프 -

'성공은 재능을 얼마나 많이 가지고 태어났느냐에 달려 있지 않다. 재능은 주어진 대로 받을 수밖에 없다. 그것은 신의 영역이다. 그러나 받은 재능을 다 쓰고 가야 하는 것은 인간의 책임이다. 성공이란, 재능의 크기가 얼마가 되었든 받은 만큼은 다 쓰고 갈 때 찾아온다.'

'내가 잘하는 건 뭐지? 나만의 필살기를 찾아보라고? 나의 재능을 최소한 10가지 찾아보라고?'

여기서 잠깐! 누군가가 말해주는 내가 아니라 온전히 내가 아는 나의 재능을 찾는 것이 중요하고 그게 필살기가 된단다. 도대체 무슨 소리인지, 남이 말해주는 것 말고 나 스스로 아는 나의 재능을 찾으라니? 이해가 되지 않아 답답하고 머릿속이 복잡했다. 그런데 이런 상황에 한 달 뒤에 발표를 해 보자고 했다.

'와! 미치고 환장하겠네. 이해하기도 쉽지 않은데 한 달 뒤에 발표를 해 보자고? 할 일도 많고 바쁜데 어떻게 하지?'

토요일 강의를 듣고 완전 제대로 멘붕이 온 상태에서 시간이 조금씩 흘러갔다.

그리고 숙제를 하지 않아서 마음 한구석이 계속 찝찝했다. 생각해 보니 어린 시절부터 나는 숙제는 꼭 해야 한다고 생각하는 사람 중의 한 명이었다. 그래서 선생님이 내준 숙제를 안 한다는 것은 나에게 있을 수도 없는 일이었다. 이런 나의 습관은 직장생활에서도 그대로 드러났다. 직장에서도 기한 내에 해야 할 일이 생기고 내가 처리해야 할 일이 생기면 나는 밤을 새워서라도 마무리했다. 그렇지 않으면 내 마음이 너무 불편하고 다른 사람들에게 피해를 주는 것 같은 마음이 들었다. 이렇게 지내 온 성격 때문인지 모임에서 강의를 듣고, 받은 숙제도 어떻게 해서든지 정해진 기한 내에 해야겠다는 생각이 있으니 찝찝한 건 당연했다.

새벽 5시 30분이면 일어나서 출근 준비를 하고 새벽 6시 독서 모임을 하고 출근해서 일하고 퇴근을 하면 저녁에는 또 나름대로 독서도 하고 이런저런 공부도 하다 보니 숙제할 시간이 부족했다. 그런 상황에서 숙제를 해야 한다는 마음이 커지니 마음 한구석이 답답하고 불편했다. 계속 불편한 상황을 만드는 것보다 한번 해 보자는 생각이 들었고 그러면서 다시 필살기 책을 훑어보기 시작했다. 책 뒤편에는 강점목록표가 있었다. 읽다 보니 나의 재능을 찾을 수 있을 것 같다는 희망이 보여서 신이 났다.

그렇게 강점목록표를 보면서 나의 재능 10가지를 찾아가기 시작했다. 남들이 말하는 나의 재능이 아니라 내가 생각하는 나의 재능을 책을 보면서 하나씩 찾아내기 시작하니 기분이 묘했다.

내가 스스로 찾아낸 나의 10가지 재능은 이랬다.

경청하기(공감. 소통), 신중함, 원칙적, 인내하기(꾸준함), 차분함, 책임감, 헌신적(사랑), 포용하기(배려. 이해. 수용), 격려하기(따뜻함), 기록하기(기억) 이렇게 10가지였다.

나는 다른 사람의 이야기를 잘 들어주는 재능이 있고, 상대방이 아픈 상처를 이야기하면 같이 울어 주고, 보듬어도 주는 공감 능력과 소통 능력이 있다. 무슨 일을 하든지 신중하게 결정하고 내가 스스로 선택한 일이면 책임감을 가지고, 원칙을 중요시하며 일 처리를 하는 재능을 가지고 있다. 그리고 주위를 잘 살피는 차분함으로 실수를 잘 하지 않는 재능이 있다. 나는 아들을 위해서라면 목숨도 내어놓을 수 있는 헌신적인 사랑을 하는 엄마이고, 옳다고 판단되는 일이면 인내하고 꾸준히 할 수 있는 사람이다. 아들이 어떤 결과에 대해 만족하지 못해서 시무룩할 때도 따뜻하게 격려하고, 안아 줄 수 있는 엄마이며, 남기고 싶은 추억들은 일기장이나 블로그로 기록하여 기억할 수 있는 재능을 가지고 있다.

누군가 뭘 그렇게 꾸준히 하고 있냐고 물어본다면 세 가지를 자신있게 말할 수 있다.

첫 번째는 내 나이 19살에 고3 학생 신분으로 입사한 현재 직장에서 2021년 현재까지 30년을 근무하고 있다. 두 번째는 감사 일기를 1,556일 차 작성하고 있다. 마지막 세 번째는 아들이 세상에 태어난 9개월 무렵인 2010년 7월 21일부터 13살이 된 오늘까지 4,286일 차 성장일기를 작성하고 있다.

이 정도면 자랑할 만한 나의 재능이라고 할 수 있지 않을까? 처음에 내가 아는 나의 재능을 찾아보라고 할 때는 가슴이 답답했고, 제대로 멘붕이 왔지만 필살기 책을 읽으면서 나의 재능을 찾아보니 은근히 설레기도 하고 재미도 있었다. 나는 혼잣말로 '김민주 너 참 괜찮은 사람이구나.'하고 칭찬을 하기도 했다. 이런 기분을 느껴보라고 독서 모임을 하면서 과제를 내준 게 아닐까 하는 생각이 들었고 숙제를 할 수 있게 해 주신 진행자분이 오히려 감사하기도 했다. 이렇게 살펴보니 나도 재능이 꽤 많은 괜찮은 사람이라는 생각이 들면서 자존감도 올라갔다. 그리고 이런 나의 재능을 살면서 어떻게 적용하면 될지 생각도 해 보게 되었다. 더불어 내가 살아가는 삶의 목적이 무엇이냐고 생각해 보라는 진행자의 말을 떠올리면서 이런 글을 쓰게 되었다.

"김민주의 삶의 목적은 살아가는 자체가 행복임을 알아가는 삶, 아들이 원하는 삶을 살 수 있도록 때로는 신호등이 되어 주고, 때로는 등대가 되어 주고, 때로는 울타리가 되어 주는 삶, 부모의 부재로 소외된 아이들에게 웃음을 주는 삶"이라고 정의를 내렸다.

지금까지 살면서 행복했던 기억도 있지만 아프고 힘든 시간도 있었다. 하지만 그 또한 내가 살아 있기에 느끼는 감정이라는 것을 알기에 이렇게 살아갈 수 있는 자체가 행복이라는 생각이 들었다. 그리고 세상에서 가장 소중한 하나뿐인 나의 천사 아들에게 해야 할 일과 하지 말아야 할 일을 가르쳐 줄 수 있는 신호등이 되어 주고, 원하는 길을 찾을 수 있도록 멀리서 밝게 비춰 주는 등대가 되어 주고, 어떤 상황에서도 아들을 지켜 줄 수 있는 든든한 울타리가 되어 주는 엄마로 살아가고 싶다.

내 나이 65세, 2038년 10월 16일 '희망어린이집'을 설립해서 부모의 부재로 교육의 문턱이 높은 아이들이 돈 걱정 없이 자유롭게 입학해서 친구들과 함께 어울리면서 웃을 수 있고 사랑을 듬뿍 받을 수 있는 공간을 만들어 주고 싶다. 10월 16일은 나의 하나뿐인 아들의 생일이고 '희망'은 아들의 태명이다. 아들을 사랑하는 마음을 가득 담아서 이 마음을 다른 아이들에게 나누어 주고 싶은 마음으로 어린이집 설립 일자를 기록해 두었다.

처음에는 아무 생각이 나지 않았던 내가 나의 재능과 내 삶의 목적을 『필살기』라는 책을 통해 알게 되었다. 그리고 진행자분의 멋진 강의와 과제를 통해 찾아가고 여러 사람 앞에서 발표하면서 그동안 살아온 지난날들이 떠올라서 눈물이 났다. 그리고 앞으로 훨씬 더 행복하게 잘 살아갈 수 있을 거라는 벅찬 기대감에 눈물이 났다. 무엇보다 내 아들에게 이런 엄마가 되어 줄 수 있다면 얼마나 행복할까? 하는 생각에 가슴이 벅차올랐다. 또한, 엄마를 응원해 주고 믿어주는 아들이 있다는 생각에 너무나 감사하고 또 감사한 시간이었다.

'필살기가 이런 것이었구나.'

나만의 필살기를 찾기까지 많이 힘들었고 어려웠지만 스스로 찾아내고 나니 그 부분을 어떻게 내 삶에 적용해서 지금보다 더 멋진 삶을 살 수 있을까를 생각했다.

'이래서 책은 혼자 읽는 것보다 함께 읽는 것이 도움이 되고, 누군가 앞에서 이끌어 주는 사람이 있는 것이 훨씬 더 적용하기 쉽다는 거구나.'

이렇게 독서 모임의 중요성을 다시 한번 알게 되는 시간이었다. 나의 재능을 찾아가는 일은 단번에 칼로 무를 자르듯이 이루어지는 것이 아니며, 앞으로도 계속 추가하고 적용하면서 지금보다 나은 내 삶이 펼쳐질 것이라는 진행자의 말에 깊이 공감했다.

『필살기』라는 책이 쉬운 책은 아니었지만, 그 속에서 내가 알아차리고 적용해야 할 부분을 찾아내어 성장한 나에게 고맙다.

아들과 함께 데이트하고 소통하는 멋진 엄마로 살아갈 수 있어서 행복하다. 오늘 하루의 삶을 마무리하고 이렇게 글을 쓴다.

<엄마의 생각>

나의 재능은 무엇일까? 나의 강점은 무엇일까? 내 안의 나를 찾아내어 내 삶에 힘이 되어 준 경험 한 가지를 이야기 해주세요.

4장

아이의 꿈과 함께, 가치 단어와 함께, 싱글맘의 독서 메시지

1. 엄마 신호등: 배려

아이는 부모의 거울이다.

아이가 미안해할 정도로 배려 깊게 사랑해 주면 아이는 부모에게서 받는 배려 깊은 사랑을 그대로 부모에게 돌려준다.

- 출처: 최희수 지음. 『배려 깊은 사랑이 행복한 영재를 만든다』. 푸른 육아 -

* 배려: 도와주거나 보살펴 주려고 마음을 씀.

"여러분은 '배려'라는 단어를 보면 어떤 생각이 드나요?"

저는 처음에는 나를 너무 힘들게 하는 단어 같았어요. 누군가를 배려한다는 것은 일단 나보다 상대가 기준이 되는 거니까요. 나는 없고 상대만 있는 것 같은 느낌이 들었습니다. 그렇게 상대의 원함을 들어 주는 것이 배려라고 생각하니 '내가 할 수 있을까?'라는 불안감도 몰려오기 시작했구요. 그런데 책에서 이렇게 말해주네요. 아이는 부모의 거울이라고, 부모가 어떻게 아이를 배려 깊게 사랑해 주느냐에 따라 아이도 자연스럽게 배려를 배운다고 말입니다. 마음이 따뜻해지면서 아이를 키우는 엄마로서 꼭 필요한 부분이라는 생각이 들었어요. 그럼 아빠, 엄마 두 사람의 깊은 배려를 동시에 받은 아이들만 누군가를 배려하면서 살아갈 수 있을까요? 저는 자신 있게 아니라고 말할 수 있어요. 왜냐구요? 저는 싱글맘이니까요. 그리고 워킹맘이니까요.

제 아들이 4살 때 저는 이혼을 선택했고, 싱글맘이 되었어요. 세상의 시선이 두렵고 무엇보다 제 자신이 비참해서 살고 싶지 않았어요. 하지만 저에게는 제가 키워야 할 아들이 있었기에 버티고 견뎌낼 수 있었어요. 저만 바라보고 믿어주는 아들이 있었기에 지금의 저도 있다는 걸 잘 알고 있어요.

그래서 세상 모든 싱글맘들에게, 워킹맘들에게 알려주고 싶어요.

아빠, 엄마 두 사람 다 있는 평범한 가정에서 배려 깊은 사랑을 받은 아이들은 분명히 더 많은 걸 배울 수 있겠지요. 그렇지만 걱정하지 마세요. 아빠가 없는 싱글맘이라고, 아이에게 배려 깊은 사랑을 주지 않는 것은 아니잖아요. 어쩌면 더 많은 배려와 사랑을 줄 수 있지 않을까요? 아빠의 몫까지 주어야 한다는 부담감은 갖지 마세요. 아무리 노력해도 엄마는 아빠가 될 수 없으니까요. 아이는 엄마의 배려 깊은 사랑만으로도 충분히 따뜻함을 느끼고 나누면서 살아갈 수 있어요.

저는 어느새 9년 차 싱글맘이 되어 가네요. 4살이었던 아들은 어느덧 초등학교 6학년 13살이 되었어요. 제가 싱글맘이면서 동시에 워킹맘이라서 아들과 함께 하는 시간이 많지 않아서 미안하기도 하고 힘들기도 했어요. 하지만 이제는 그렇게 생각하지 않아요. 아이에게 당당하고 자신감 있는 엄마의 모습이 더 중요하다는 생각을 하거든요. 누구보다 더 아이를 사랑하고 배려하고 존중하면서 그렇게 아이의 인생에 멘토가 되어 줄 수 있는 엄마가 되려고 노력 중이랍니다.

어떠한 상황에서도 "엄마는 네 편이야."하고 아들의 선택을 믿어주고, 아껴주고, 사랑해 주는 엄마의 배려심은 아이에게 분명히 전달된다고 믿어요. 배려는 아끼는 마음이라고, 그리고 아끼는 마음은 통한다고 믿는 사람 중의 한 명이거든요. 저보다 더 오랜 시간을 싱글맘으로, 워킹맘으로 살아가는 선배들 입장에서는 지금 제 이야기가 잘 이해되지 않을 수도 있어요. 사람은 누구나 처한 환경이 다르니까요. 하지만 제가 분명히 전하고 싶은 메시지는 하나예요.

싱글맘일지라도, 워킹맘일지라도 모두 아이를 사랑하고 아끼는 마음은 똑같잖아요. 우리 다 같이 힘내서 배려 깊은 사랑으로 아이의 행복한 미래를 위해 이끌어 주는 엄마 신호등이 되어 보는 건 어떠세요?

싱글맘에게 배려란?

진심으로 믿고 아끼는 마음.

2. 우리 모두 한마음인 거 맞죠?: 희망

희로애락 속에서 건져 올린
망할 놈의 미소 한 개.

그대가 놓지 않고 있는'희망의 모습'은 어떠한 것이 있나요? 그 희망을 놓지 않는 이유는요?

- 출처: 백미정 지음. 『강한 엄마 부드러운 질문 50가지』. 프로방스 -

* 희망: 앞일에 대하여 좋은 결과를 기대함.

여러분은 '희망'이라는 단어를 보면 어떤 생각이 드나요? 저는 희망이라는 단어를 보면 그저 행복하고 웃음이 나요. 그리고 제 마음의 날씨는 '맑음'으로 변해요. '맑음'으로 변하는 이유가 궁금하신가요?

저에게는 세상에서 하나뿐인 소중한 나의 보물이자, 천사인 아들이 한 명 있어요. 아들이 저에게 찾아와 주었을 때 저는 '희망'이라는 태명을 지었답니다. 그러니까 저에게'희망'이라는 단어는 너무나 소중하고 특별할 수밖에 없지요.

지금 저의 스승인 백미정 작가님의 책에서 희망은 '희로애락 속에서 건져 올린 망할 놈의 미소 한 개'라고 적혀 있네요. 글을 읽으면서 저도 모르게 웃음을 터트렸어요. 백 퍼센트 공감하면서요.

늦은 나이에 결혼한 저에게 한 달 만에 찾아와 준 희망이는 제 삶의 전부였어요. 비가 오는 날에도, 속상한 날에도 희망이 덕분에 저는 늘 맑음 그 자체였어요. 열 달 내내 심하게 입덧을 했지만, 그래도 저는 행복했어요. 그렇게 희망이를 품고 살다가 드디어 만나던 날, 그날을 아직도 생생하게 기억하고 있거든요.

나이도 많고, 초산이라 아이가 너무 작다고 인큐베이터에 들어갈 수도 있다고 들었어요. 그래서 마지막 한 달은 의사가 시키는 대로 미친 듯이 먹었어요. 먹고 토하고 먹고 토하고 힘들었지만, 저는 희망이만 생각하면서 버텼어요.

덕분에 아들은 인큐베이터에 들어가지 않게 되었어요. 임신 기간 내내 저는 희망이만 생각했고 그러다 보니 자연스레 희망이라는 단어에도 끌리기 시작했던 것 같아요. 귀하고 소중하게 얻은 아들은 저에게 지금도 존재 그 자체로 희망이 되어 주고 있어요. 싱글맘이 되었지만, 아들이 있어서 제 삶이 행복하답니다.

아들의 태명이 희망이었기에, 그리고 늘 긍정적으로 살기 위해 노력하는 저의 성격으로 인해, 저는 『원 워드』라는 책을 통해서 올해 찾은 단어도 '희망 김민주'입니다. 누군가에게 희망을 전해주는 사람이 될 수 있다면 생각만으로도 신나지 않나요? 비록 저는 싱글맘으로, 워킹맘으로 만만치 않은 현실을 살고 있지만, 최악을 말할 수 있다는 것은 최악이 아니라는 글을 읽으면서 생각해 봅니다. 힘들다고 아프다고 말할 수 있는 용기가 있고, 제 상황을 알리면서 누군가에게 도움을 줄 수 있는 여유가 있고, 무엇보다 이런 저를 믿고 응원해 주는 아들이 있어요. 그러니까 최악이 아닌 거 맞잖아요. 저도 희망이 있는 삶을 꿈꾸고, 그런 삶을 아들과 함께 살기 위해 오늘도 공부하는 엄마가 되어 봅니다. 싱글맘으로, 워킹맘으로 세상을 살아가는 것이 여러분에게는 어떤 의미가 있는지 궁금해지는 순간이네요.

백미정 작가님의 물음에 대답해 봅니다.

제가 놓지 않고 있는 희망의 모습은, 매일 조금씩 발전하고 성장하는 엄마로 아들의 미래에 도움을 줄 수 있는 엄마가 되는 거랍니다. 그리고 이런 희망을 놓지 않는 이유는요? 당연히 누구보다 아들이 원하는 삶을 살고 행복하길 바라는 엄마의 마음이지요. 우리 모두 한마음인 거 맞죠?

우리 모두 더 큰 희망을 가지고 아이와 함께 배우고 성장하는 삶을 살아보는 건 어떨까요?

싱글맘에게 희망이란?

생각만 해도 설레고 어떤 순간에도 맑은 마음.

3. 있는 그대로를 인정하고 아껴주는 마음: 칭찬

작은 날개를 가진 막내는 누나랑 형이랑 따뜻한 남쪽으로 갈 수 없을 것 같았지만 포기하지 않고 더 열심히 움직였어요. 아빠 기러기가 땀에 흠뻑 젖은 막내의 날개를 쓰다듬으며 속삭였어요.

"막내야, 넌 작은 날개를 가졌지만, 그 안에 숨겨진 너만의 힘이 있단다."

제가 여기까지 온 건 다 아빠와 형, 누나의 칭찬 덕분이에요."

- 출처: 류호선 지음. 『언제나 칭찬』. 사계절 -

* 칭찬: 다른 사람의 좋고 훌륭한 점을 들어 들추어주거나 높이 평가함.

『칭찬은 고래도 춤추게 한다』라는 책 한 번쯤 읽어보셨죠? 여러분은 '칭찬'이라는 단어를 보면 어떤 생각이 드나요? 저는 칭찬이라는 단어를 보면 기쁘기도 하지만 기억의 한 편에 아련히 떠오르는 아픔도 있답니다.

어린 시절 저는 농사를 지으시는 부모님과 오빠와 남동생과 함께 살았거든요. 그 시절 대부분이 그랬듯이 저희 집도 넉넉한 형편은 아니었지요. 새벽 일찍 일 나가셔서 늦게 들어오시는 부모님을 보면서 저는 항상 부모님을 기쁘게 해 드리는 딸이 되고 싶었어요. 그래서 학교생활도 잘하고, 친구들과도 사이좋게 지내는 모범생이었고, 덕분에 많은 칭찬을 받고 자랐어요. 오빠와 동생과도 잘 싸우지 않고 서로 양보하면서 부모님께도 칭찬을 받고 자랐고, 직장생활을 하면서도 주어진 일에 최선을 다하고 상사의 지시에 잘 따르는 그런 사람이었으니 역시 칭찬을 받았지요.

이렇게 모든 곳에서 칭찬받기를 원하는 제 마음이 있었기에 어쩌면 나보다 남의 시선을 더 의식하고 살아왔는지도 모르겠어요. 그래서 저는 칭찬이라는 단어를 보면 저 자신을 돌보지 못한 채 애써 숨기고 참고 살아온 시간들이 생각나서 마음이 아프기도 해요.

살면서 누구에게도 싫은 소리를 잘하지 못하고 모범생 이미지로 살아오던 저에게 닥친 이혼이라는 사건은 절망 그 자체였지요. 하지만 그때도 저를 칭찬해 주는 누군가가 있었기에 지금 제가 이렇게 잘살고 있다는 생각이 들어요. 이혼이라는 엄청난 사건 앞에서 저의 결정을 인정하고, 칭찬해 준 사람은 바로 저를 낳아주신 부모님이었어요. 착하게만 살아온 딸에게 닥친 시련이 부모님께도 큰 충격이었을 텐데 당시에 엄마는 우는 저를 꼭 안아주면서 얘기하셨어요.

"고맙다. 우리 딸 많이 힘들었을 텐데 나쁜 생각 하지 않고 이렇게 살아줘서, 그리고 다시 엄마 딸로 돌아와 줘서 너의 결정을 응원하고 칭찬한다."

엄마의 이야기에, 아버지의 묵묵한 시선에 저는 그렇게 또 아픔을 뒤로 한 채 세상을 살아가는 힘을 얻었답니다.

어린 시절부터 칭찬을 많이 받고 자란 저는 아들에게도 누구보다 칭찬을 아끼지 않는 엄마입니다. 엄마를 닮아 익숙한 것을 좋아하는 아들이 낯선 환경인 어린이집에 갈 때도, 아침마다 우리 아들 오늘도 웃으면서 가주는 거 고맙다고 안아주며 칭찬해 주었어요. 학교에서 받아쓰기 시험에 한 개 틀렸다고 속상해하는 아들에게 전날 밤에 공부해 준 노력에 대해 칭찬해 주고, 여유분 마스크를 친구에게 빌려주었을 때 아들의 따뜻한 마음을 칭찬해 줍니다. 엄마 없는 시간 동안 할아버지, 할머니와 잘 지내준 것도 칭찬해 주고 또래보다 생각이 깊은 점도 칭찬해 줍니다. 하루 종일 있었던 일을 퇴근한 저에게 재잘재잘 이야기해 주는 것도, 가끔은 짜증 부리거나 화를 내어도 이제 아들의 생각을 표현할 수 있을 만큼 자랐다고 칭찬해 줍니다.

물론 저도 아들에게 화를 내기도 하고 잔소리를 하기도 하지만, 사실 마음속에는 엄마를 잘못 만나서 아들이 평범한 가정에서 자라지 못한다는 생각이 들어서 미안한 마음이 커요. 그래서 속상할 때도 있어요. 그럴 때마다 엄마만 있으면 된다는 아들의 말을 들으면서 힘을 내기도 합니다. 그리고 엄마한테 칭찬받는 것이 제일 신난다는 아들이 있기에 오늘도 힘을 내어 일을 합니다.

싱글맘인 저는 아침마다 아들을 꼭 안고 이야기합니다.

"아들, 네 인생의 주인공은 너야. 그리고 너는 존재 자체로 충분한 사람이야. 엄마에게 이런 행복을 주는 너의 존재 그대로를 인정하고 칭찬해."

오늘도 저와 아들은 있는 그대로 인정받고 칭찬받는 멋진 하루를 만들어 갑니다.

싱글맘에게 칭찬이란?

있는 그대로를 인정하고 아껴주는 마음.

4. 어떤 시선도 이제 저는 괜찮아요: 공감

> 같이 세상을 만드는 첫 번째 가치, 공감!
>
> 다른 사람의 기쁨과 슬픔, 즐거움과 괴로움을 함께 느낄 때, 우리 마음 속에선 공감씨가 태어난단다.
>
> 아롱이는 지호가 오랫동안 예뻐하며 키운 햄스터인데 지호 마음을 생각하니까 나도 마음이 아파. 얼마나 슬플까?
>
> - 출처: 김성은 지음. 『공감씨는 힘이 세!』. 책읽는곰 -

＊공감: 남의 주장이나 감정, 생각 따위에 찬성하여 자기도 그렇다고 느낌.

“공감 씨가 널리 퍼져 나가면, 누구도 상상하지 못했던 일들이 일어나지.

같이 사는 세상을 만드는 첫 번째 영웅, 공감 씨의 활약을 지켜

봐."

여러분은 '공감'이라는 단어를 보면 어떤 생각이 드나요? 저는 공감이라는 단어를 보면 사랑이라는 단어가 함께 생각이 나요. 상대방의 이야기에 진심으로 공감해 주면 사랑이 싹트는 소리가 들린답니다. 저는 싱글맘이고 워킹맘이고 꿈을 가진 드림맘입니다. 갑자기 웬 거창한 자기 소개냐구요?

지금부터는 저에게 단 하나뿐인 세상 무엇으로도 대체될 수 없는 유일한 아들과의 이야기를 해 보려고 합니다. 공감은 누가 누구에게 해 주는 것일까요? 공식이 있을까요? 윗사람이 아랫사람에게만 할 수 있는 게 공감일까요? 저는 그렇게 생각하지 않아요. 서로가 서로에게 할 수 있는 것이 공감이라는 생각이 듭니다.

부모와 자식 간에도, 친구 간에도, 동료 간에도 모든 사람과의 관계에서 '공감'은 꼭 필요하다는 생각을 해요. 공감의 사전적 의미는 남의 주장이나 감정, 생각 등에 찬성해서 자기도 그렇다고 느끼는 거라고 되어 있잖아요. 말 그대로 남을 이해하는 힘이지요. 저는 공감의 의미를 이렇게 해석하고 싶어요.

'제가 아들이 되고 아들이 제가 되는 사랑'이라구요.

진심으로 그 사람의 입장에서 생각하고 느끼려면 일단 그 사람이 되어야 가능하다고 생각하기 때문이에요.

싱글맘인 저는 그렇게 아들이 되어서 아들의 삶 자체를 공감하려고 애쓰고 있어요. 어린 시절에는 엄마인 저에게만 의존하는 아들의 모습을 보고 남들이 '마마보이'라고 하는 이야기도 들었구요. 이런 이야기에 속상해하는 아들을 안아주면서 솔직하게 상황을 이야기하고 아들의 마음을 보듬어 주었어요.

"아들, 다른 아이들은 아빠, 엄마가 같이 있으니 어느 때는 아빠에게 어느 때는 엄마에게 투정도 부리고 함께 할 시간도 만들 수 있지만, 아들은 지금 엄마만 있잖아. 그러니까 아직 어린 니가 엄마한테 기대는 건 너무 당연한 거야. 다른 사람 이야기에 신경 쓰지 마. 네가 자라면 어쩌면 엄마의 사랑을 기억하면서 따뜻한 마음을 가진 사람이 될 수도 있어."

속으로는 저도 불안하고 미안했지만, 아들의 마음을 이렇게 공감하고 보듬어 주는 엄마로 살아가기 위해 노력했어요. 아들이 자라면서 저를 힘들게 하는 일이 생길 때도 저는 일단 아들과 대화를 많이 하기 위해 노력했어요. 아들의 마음을 알아야 도와줄 수 있고, 바르게 자랄 수 있도록 안내해 줄 수 있으니까요. 감사하게도 제 아들은 아직까지는 엄마인 저에게 모든 이야기를 해 준답니다. 그럴 때마다 저는 진심으로 아들의 이야기에 공감하기 위해 애쓰고, 공감이 안 될 때는 "엄마가 이런 부분은 이해하기 힘들고 너의 마음을 잘 모르겠어. 엄마에게 생각할 시간을 좀 줄 수 있어?"

아들에게 솔직하게 털어놓고 이야기한답니다. 저는 여자이기 때문에 아들의 심리 상태를 완전히 이해하지 못합니다. 그래서 가끔은 아들에게 아빠의 자리를 뺏은 거 같은 마음에 미안하기도 하지만 그럴 때마다 아들에게 솔직하게 이야기를 합니다.

"매일 싸우는 아빠, 엄마를 보면서 니가 더 힘들어질까 봐, 그리고 그렇게 살다 보면 엄마가 너를 진심으로 사랑하지 못할까 봐. 그래서 이혼을 선택했어. 하지만 엄마는 너를 정말 사랑하고 너를 이해하고 니 마음을 알아가기 위해 때로는 죽을 만큼 답답함과 짜증이 밀려와도 참아 내고 있어."

이렇게 아들에게 솔직할 수 있는 제가 좀 자랑스럽기도 합니다.

'싱글맘이 자랑스럽다고? 무슨 이런 황당한 경우가. 웃기시네. 자기 자신을 합리화하는 거지 뭐.'

누군가는 저에게 이렇게 손가락질하는 사람도 있겠지요.

'대단한데, 이혼하면서 아들을 키우겠다고 결심하고 일하면서 꿈을 키워나가기 위해 공부까지 하고. 멋지다!'

응원해 주는 사람도 있겠지요. 어떤 시선도 저는 괜찮아요. 저에게는 저를 믿고 응원해 주는 아들이 있으니까요. 그리고 서로 공감하면서 따뜻하게 잘 살아가고 있으니까요.

싱글맘에게 공감이란?

몸도 마음도 분리되지 않고 합체되는 따뜻함.

5. 눈빛만 봐도 알 수 있고: 감동

우리 엄마는 무용가나 우주 비행사가 될 수도 있었어요.
어쩌면 영화배우가 될 수도 있었고요. 하지만 우리 엄마가 된 거예요.
엄마가 우리 엄마라서 정말 좋아요

- 출처: 앤서니 브라운 지음. 『우리 엄마』. 웅진주니어 -

* 감동: 깊이 느껴 마음이 움직임.

우리 엄마는 슈퍼 엄마! 나를 자주 웃게 해요. 아주 많이. 나는 엄마를 사랑해요. 그리고 엄마도 나를 사랑한답니다. 언제까지나 영원히.

여러분은 '감동'이라는 단어를 보면 어떤 생각이 드나요? 저는 감동이라는 단어를 보면 그냥 행복해집니다. 묻지도 따지지도 않고 누군가에게 감동을 받을 때도, 줄 때도 저는 그냥 행복하더라구요. 특히 엄마라는 존재에게 감동을 받을 때는 말로 표현할 수 없는 행복 호르몬이 팡팡 솟아나요. 누구에게나 '엄마'는 소중하고 이름만 들어도 가슴이 아려지는 단어가 아닐까 싶은데요.

싱글맘인 저에게 엄마라는 존재는 천 배 만 배 가슴이 아리고, 눈물이 나요. 그리고 제게 든든한 응원군이기도 하답니다.

제 이야기를 잠깐 해 드릴게요. 저는 2남 1녀 중 둘째로 태어나서 어린 시절부터 부모님께 착한 딸이었고, 남들에게도 인정받는 그런 아이로 자랐답니다. 누구보다 부모님이 자랑스러워하는 딸이었던 제가 어느 날 갑자기 이혼녀라는 딱지를 달고 아이까지 혼자 키우겠다는 싱글맘의 길을 선택하게 되었습니다.

여러분은 만약에 딸이 이혼하고, 아이를 혼자 키우겠다고 하면 어떤 말을 할 수 있을까요? 저의 가장 든든한 응원군인 저의 엄마는요, 주위 시선을 의식하면서 이혼을 선택하기 힘들어하는 저에게 오히려 힘이 되어 주셨어요.

"누가 니 인생 대신 살아 주는 거 아니잖아. 나도 지금까지 말썽 한번 안 부리고 잘 자라준 우리 딸에게 왜 이런 일이 일어났는지 속상하고 마음 아프지만, 엄마는 지금까지 잘 살아온 너의 선택을 믿는다. 그리고 엄마가 도와줄 일 있으면 도와줄게. 엄마는 니가 남의 눈에 비치는 불행한 삶 말고, 니가 진짜 행복하게 사는 게 더 좋아. 그러니까 우리 딸 힘내."

이렇게 저를 믿고 응원해 주는 우리 엄마 진짜 멋진 분 맞죠? 이런 엄마에게 어떻게 제가 감동을 받지 않을 수 있겠어요. 지금까지 제가 싱글맘으로, 워킹맘으로 아들을 잘 키우고 있는 건 순전히 아들의 외할머니, 그러니까 저의 엄마 덕분입니다. 당신의 인생보다 딸의 인생을 먼저 생각하시는 분이랍니다. 이런 엄마 덕분에 저는 매일 매일 감동하면서 살고 있어요. 이렇게 받은 감동을 아들에게 전해주기 위해 노력하며 살고 있답니다.

지금 소개하는 이 책은 아들이 유치원 시절에 글을 배우기 시작할 무렵 같이 읽었던 책입니다.

아주 간단한 그림책이지만, 아들에게도 저에게도 참 많은 감동을 준 책이었어요. 아들은 책 속에 나오는 엄마처럼 우리 엄마도 가끔 사자처럼 큰소리로 혼내기도 하지만 언제나 엄마는 자기편이라고 그래서 엄마랑 살 수 있어서 행복하다고 말해줍니다. 그리고 엄마가 언제나 자기를 위해서 바쁘고 피곤해도 일하고 집에 오면 놀아주고, 숙제도 도와줘서 고맙다고 말해줍니다.

할머니가 계셔서 감사하다고 말할 줄 아는 아들, 피곤해하는 엄마에게 안마를 해 주는 아들, 때로는 투정도 부리지만 나이보다 생각이 깊은 아들. 이렇게 아들의 존재만으로도 저는 이미 감동을 받습니다. 엄마에게 받은 감동을 아들에게 전달해 줄 수 있는 제가 참 좋습니다. 싱글맘이지만, 아들에게 당당한 모습을 보여 주고 저의 일을 잘 해내고 있는 제가 참 좋습니다.

어린 시절부터 하고 싶었던 글쓰기를 하는 저의 모습을 아들에게 보여 줄 수 있어서 참 좋습니다. 아빠가 없어서 엄마가 회사 일하느라고 함께 하는 시간이 다른 친구들보다 부족하지만 언제나 아들을 사랑하고, 아들과 함께 마음을 이야기할 수 있는 제가 참 좋습니다. 이 모든 것들을 온몸으로 받아들이고 따뜻한 사랑을 마음에 가득 담고 자라주는 아들에게 감동을 받고, 너무 좋습니다.

서로가 서로에게 힘이 되고 손발이 되어 주는 아들과 저, 그리고 저와 엄마, 아들과 외할머니 우리는 이렇게 서로에게 감동을 주는 행복한 가족입니다.

싱글맘에게 감동이란?

눈빛만 봐도 알 수 있고, 아무 이유 없이 생각만으로도 행복하고 좋은 감정.

6. 나의 욕구를 찾아내기 위해 애쓰며: 소통

NVC 모델의 네 단계.

우리 삶에 영향을 미치는 구체적 행동을 관찰한다. 그 관찰에 대한 느낌을 표현한다.

그러한 느낌을 일으키는 욕구, 가치관, 원하는 것을 찾아낸다.

우리 삶을 풍요롭게 하기 위해 구체적인 행동을 부탁한다.(두 가지 이상 한다.)

- 출처: 마셜B.로젠버그 지음. 『비폭력 대화』. 한국NVC 센터 -

* 소통: 의견이나 의사 따위가 남에게 잘 통함.

"아들아, 신었던 양말 두 켤레가 똘똘 말려서 책상 밑에 있고 침대 위에도 있는 걸 보니 엄마는 짜증이 난다. 왜냐하면 우리가 자는 방인데 좀 깨끗하고 정돈되어 있었으면 하기 때문이야. 그 양말들을 목욕탕에 두거나 세탁기에 넣어 둘 수 없겠니?"

『비폭력 대화』라는 책에서 소통의 네 단계를 배워온 날 항상 여기저기 돌아다니던 아들의 양말을 보고 책에 있는 그대로 따라서 얘기를 해 보았답니다. 제 말이 끝나기 무섭게 아들은 저를 이상하게 쳐다보면서 얘기하더라구요.

"엄마 왜 그래? 이거 혹시 숙제야?"

아들의 말에 한참을 웃었습니다. 제가 독서 모임 등 다른 곳에서 배워오면 언제나 아들에게 먼저 적용을 했고, 그럴 때마다 숙제라고 하면서 아들과 함께 연습했거든요.

소통의 네 단계를 배우면서 아들에게 제일 먼저 적용해 보니 이제는 돌아오는 반응이 너무 신기합니다. 평소와 달라진 엄마의 행동이 아들도 이제는 배우는 중이라는 것을 아는 거죠. 저는 평소에 아들과 소통을 잘한다고 자부하던 사람 중의 한 명이었답니다. 그런데 책을 통해 보니 그건 완전한 저의 착각이었어요.

관찰 → 느낌 표현 → 욕구 → 부탁, 정확하게 네 단계를 적용해서 제대로 된 소통을 해야 한다는 것을 알고 나니 그동안 제 행동을 돌아보게 되었답니다. 그래도 감사한 건 저는 부탁은 화내지 않고 잘하고 있었다는 겁니다. 아들과 소통의 네 단계를 연습하다 보니 욕구를 찾아내는 것이 제일 힘들었답니다. 어떤 행동을 보면서 이런 감정이 왜 생기는지 그 욕구를 아들의 기준이 아닌 내 마음에서 찾아내야 한다니까 쉽지가 않더라구요.

지금까지 살면서 기분 나쁘거나 짜증나는 일이 생기면 늘 남의 탓을 하면서 살아온 습관 때문에 더 힘들었지만, 아들과 진짜 소통을 하기 위해서 매일 매일 욕구를 찾아내는 연습을 하였답니다.

아들에게도 욕구를 찾는 연습을 함께 하자고 했어요. 아들도 친구들과의 관계에서 화가 나거나 속상한 일이 있더라도 속으로 참는 성격이었거든요. 엄마인 저를 닮았다는 생각이 들 때마다 아들이 좀 더 당당하게 자신의 마음을 표현하기 바랐지만, 제가 잘 모르니 도와줄 수가 없었어요.

소통을 잘하려면 욕구를 찾는 것이 제일 중요하다는 것을 알게 된 이후 아들과 저는 욕구에 관한 단어를 프린트해 놓고, 어떤 일이 생길 때마다 읽어 가면서 마음의 소리를 듣기 위해 연습했어요. 다른 사람에게 부탁할 때 잔소리가 아닌 선택을 통해 서로가 편안할 방법을 연습했답니다.

그러면서 제가 잔소리를 많이 하는 엄마라는 것을 알게 됐어요. 싱글맘이라 어쩌면 더 아들을 남들에게 반듯하게 키웠다는 말을 듣고 싶었는지도 모르겠어요. 그래서 저만의 틀 속에서 아들을 힘들게 했을지도 모르겠다는 마음이 들면서 아들에게 미안해지기도 했지요. 지금이라도 소통의 네 단계를 배우고 아들에게 부담을 주는 엄마에서 아들의 생각이 자유로워질 수 있도록 도와줄 수 있는 엄마가 되어 가고 있으니 이 정도면 저 괜찮은 엄마 아닌가요?

새로운 것을 배울 때마다 아들에게 먼저 적용하고 아들에게 솔직하게 엄마가 모른다는 것을 얘기하면서 소통할 수 있는 엄마로 살아갈 수 있어 감사해요. 배우는 엄마의 모습을 보면서 함께 성장하는 아들에게도 감사하답니다. 소통의 중요성을 이렇게 변해가는 저와 아들을 통해서 알아차릴 수 있으니 우리는 참 괜찮은 엄마와 아들입니다.

이런 시간들을 통해서 친구들과의 관계에서도 발전하는 아들을 바라볼 때면 마음이 흐뭇합니다.

저는 오늘도 제일 힘든 제 마음의 욕구를 찾아내기 위해 애쓰면서 하루를 마무리합니다. 아들에게도 욕구를 찾아내는 것이 소통에서 가장 중요하다고 포기하지 말자고 응원하는 엄마와 아들로 살아갑니다.

싱글맘에게 소통이란?

마음과 마음이 통해서 행복해지는 느낌.

7. 저도 여러분도: 끈기

좋아하는 것을 찾아서 꾸준히 하다 보면 끈기가 생겨요.

그럼 어렵다고 생각하던 것을 할 수 있는 힘도 생기지요!

- 출처: 신미경 지음. 『끈기 있게 끝까지 해 보렴』. 상상스쿨 -

* 끈기: 쉽게 단념하지 아니하고 끈질기게 버티어 나가는 기운.

'끈기'와 '꾸준함.' 거의 같은 뜻을 가진 단어인 것 같은데 여러분 생각은 어떠신가요?

아들이 초등학교 3학년이 되었을 때 제가 어린 시절에는 듣도 보도 못했던 '생존 수영'이라는 수업이 생겼어요. 어린 시절부터 바다에 가면 모래 놀이를 더 좋아하고 수영장에 가더라도 늘 구명조끼와 튜브를 가지고 놀던, 물을 무서워하는 아들이었어요. 그래서 낯선 선생님이 가르쳐주는 생존 수영 수업을 너무 힘들어했어요. 한 번도 해보지 못한 잠수를 하면서 물을 마시고, 토하고, 튜브도 없는 상황에서 물속으로 들어가 수영을 하라고 하니까요. 몸은 마음대로 움직여지지 않고, 무섭기만 한 코치 선생님께 자꾸 혼나는 일들이 생기면서 아들은 등교를 거부했어요.

담임선생님께 전화해서 "선생님, 아이가 생존 수영 때문에 너무 힘들어하고 스트레스를 받아요. 학교 가기 싫다고 할 정도인데 이걸 꼭 해야 하나요? 과연 이게 생존 수영이 맞을까요?"

담임선생님과 상담을 했는데, 선생님께서는 정말 형식적으로만 대답을 하셨어요.

"어머니, 교과 과정에 있는 수업이고 초등학생들은 다 하는 겁니다. 단체 생활을 하는데 혼자 빠질 수는 없잖아요."하고 말이죠.

선생님의 답을 들으면서 혼자 생각했어요.'생존 수영이 뭘까? 물에 빠지는 일이 생기면 살아남기 위해 배우는 거 아닌가? 그런데 지금 아들은 오히려 물에 빠져 죽을까 봐 겁이 나서 학교도 가기 싫다는데 이게 단체 생활을 한다는 이유로 무조건 해야 하는 건가?'아들의 입장을 먼저 챙겼어요.

생존 수영 수업이 있는 날 저는 담임선생님께 전화해서 아들 몸이 좋지 않으니 수영은 하지 않겠다고 말했어요. 코치 선생님이 강압적이라 아들이 힘들어한다는 이야기와 함께 아들을 생존 수영 수업에 참여시키지 않았답니다. 아들이 생존 수영 수업을 하지 않은 이후로 생존 수영 수업을 하지 않는 친구들이 하나 둘씩 생겨났어요.

저 같은 생각을 가진 엄마들이 많다고 생각했지요. 단체생활이 중요하다는 건 알지만, 저는 운동은 억지로 되는 게 아니라고 생각하는 사람이거든요. 그렇게 학교에서 몇 번 하지 않는 생존 수영으로 안 그래도 물을 싫어하던 아들은 수영장에 놀러 가는 것도 싫어했어요. 하지만 앞으로 몇 년은 생존 수영 수업이 계속된다는 선생님 이야기를 기억하면서 저는 아들에게 수영장이 즐거운 곳임을 알려주기 위해 노력했어요.

여름이면 워터파크에 가서 즐겁게 분위기를 만든 후 수영할 수 있도록 구명조끼도 입히고, 튜브를 가지고 와서 차츰차츰 물을 좋아하게 만들어 주었어요. 힘들다고 물놀이 안 간다는 아들에게 말해주었지요.

"아들, 살다 보면 언제나 내가 하고 싶은 것만 하고 살 수는 없어. 어느 때는 힘들고 하기 싫어도 해야 할 일이 있고 좋은 일도 하면 안 될 때가 있어. 엄마도 지금 그렇게 살고 있잖아. 만약에 엄마가 어떻게든 끈기를 가지고 아빠와의 관계를 유지했더라면, 지금 아들이 이렇게 엄마랑 둘이서만 살지는 않겠지? 그런데 만약 그렇게 살았다면 어쩌면 엄마는 너에게 도움 줄 수 있는 엄마로 살지 못했을 거야. 이런 상황에서는 끈기가 필요하지 않아. 하지만 학생인 너는, 단체생활을 힘들다는 이유로 다 포기할 수 없는 거 알지? 처음엔 물이 무섭고 수영하는 게 힘들겠지만, 끈기를 가지고 도전해 보는 건 어때? 엄마는 우리 아들이 친구들하고 어울려서 재미있게 지냈으면 좋겠어. 엄마 말이 이해되지 않으면 다시 얘기해 줄래?"

한참을 고민하던 아들은 눈물을 살짝 보였지만 "엄마 말대로 나도 친구들이 하는 건 다 하고 싶어. 선생님한테 혼나는 게 싫고 다른 친구들은 다 하는데 나만 못하는 것도 싫어. 엄마랑 재미나게 수영 배워 볼게."

서로의 상황을 이해하고 또 이해시키면서 여름에는 바닷가에서 물과 친해지기 연습을 했어요. 날씨가 추울 때는 워터파크에서 수영 연습을 하기 시작한 아들은 어느 순간 튜브 없이 구명조끼만으로 물에 뜨더니 헤엄을 치기 시작했어요. 엄마인 저보다 훨씬 더 잘 하더라구요. 그때 아들에게 말해주었어요.

"아들은 몸도 가볍고 이해력이 뛰어나서 이렇게 빨리 배우는가 보네. 엄마는 뚱뚱해서 물에 빠질까 봐 겁나서 잘 안 되는데." 내 말에 아들은 큰 소리로 웃으면서 말했어요.

"엄마가 나한테 말해 줬잖아. 좋아하지 않아도 필요한 일은 끈기 있게 배우면 된다고. 엄마 말 기억하면서 진짜 포기하지 않고 연습하니까 튜브 없어도 수영할 수 있게 되었어. 재미없는 일도 끈기 있게 하니까 되는데 진짜 좋아하는 일을 하게 되면 어떻겠어? 앞으로도 엄마처럼 끈기 있게 잘해 낼게."

아들의 말에 가슴 한 켠이 따뜻해졌어요. 엄마인 제 말을 믿어준 아들, 수영에 대한 힘들었던 기억을 끈기로 이겨낸 아들, 스스로 해내는 아들을 보고 있으니 진짜 든든하더라고요. 앞으로 어떤 일을 하든지 아들이 끈기를 가지고 꾸준히 할 수 있도록 엄마인 제가 많은 힘이 되어 주려고 해요.

싱글맘인 저는 처음 들어간 직장에서 올해로 30년 째 근무를 하고 있어요. 또 아들의 성장일기를 2010년 7월 21일 시작해서 현재까지 4,299일 기록하고 있답니다. 아들도 이런 엄마의 끈기와 꾸준함을 닮은 건 아닌지 스스로를 칭찬하면서, 오늘은 아들에게 잘하고 있다고 너 때문에 행복하다고 말해주려고 합니다.

지금보다 더 어렵고 힘든 일이 찾아오더라도 더 나은 미래를 생각하는 우리가 되었으면 좋겠어요. 그래서 포기하지 않고 끈기 있게 끝까지 해내는 삶을 저도 여러분도 살아내길 응원합니다.

싱글맘에게 끈기란?

꾸준함과 동의어로, 포기하지 않고 나가는 힘.

8. 힘들 때도 많다는 거 잘 알아요: 나눔

비는 사흘 동안 내렸어요. 강아지 똥은 온몸이 비에 맞아 자디 잘게 부서졌어요.

부서진 채 땅속으로 스며들어 가 민들레 뿌리로 모여 들었어요. 줄기를 타고 올라가 꽃봉오리를 맺었어요. 봄이 한창인 어느 날, 민들레 싹은 한 송이 아름다운 꽃을 피웠어요. 향긋한 꽃 냄새가 바람을 타고 퍼져 나갔어요. 방긋방긋 웃는 꽃송이엔 귀여운 강아지 똥의 눈물겨운 사랑이 가득 어려 있었어요.

- 출처: 권정생 지음. 『강아지 똥』. 길벗어린이 -

* 나눔: 나누는 일. 하나를 둘 이상으로 가르다.

여러분들은 나누는 것에 대해서 어떤 생각을 가지고 있나요? 저는 어릴 때부터 나누는 것을 좋아하는 사람이었습니다. 가난한 집에서 태어났지만, 부모님은 우리보다 더 가난한 사람들에게 나누고 베푸는 그런 분이셨지요. 덕분에 저도 나누고 베푸는 삶에 익숙했던 것 같아요.

친구들보다 일찍 사회생활을 시작한 저는 대학교 다니는 친구들과 만날 때도 주로 음식값을 계산하였고, 남동생이 대학을 다닐 때도 넉넉하게 용돈을 써 보지 못했던 저를 기억하면서 원하는 대로 용돈을 주는 누나였어요.

오빠가 결혼을 할 때, 부모님께서 아파트를 사 주시는데 돈이 조금 부족하다고 고민하셨을 때도 오빠 신혼집을 장만하는데 제가 번 돈을 선뜻 보태주는 동생이었어요. 보육원에 있는 아이들에게 매월 일정액을 기부하기도 했어요. 어린 시절부터 지금까지 저는 받을 때보다 줄 때가 더 행복하고, 마음이 편안했어요. 그렇지만 저도 사람인지라 뻔뻔하게 계속 받기만 하는 사람들에게는 가끔 화가 나기도 했지요.

가난했지만 나누는 것을 좋아하셨던 부모님을 보면서 자란 저 역시 나누는 것을 잘했듯, 제 아들도 친구들에게 나누어 주는 것을 좋아하더라고요. 형편이 넉넉하지 않은 친구가 문구점에서 먹고 싶은 것을 사지 못하고 쳐다만 보고 있으면 그 친구가 자존심 상하지 않게 두 개를 사서 다 못 먹는다고 나누어 주기도 했어요.

용돈이 많은 편도 아닌데 저축해서 할아버지, 할머니께 선물을 사 드리기도 하고, 제 생일날에는 원하는 만큼 선물을 사 주겠다고 큰소리치는 아들입니다. 너무 행복합니다. 아들도 저만큼 아니, 어쩌면 저보다 더 많이 나눔의 기쁨을 느끼고 있는 것 같아서 마음이 따뜻해집니다.

초등학교 6학년 13살, 아직은 어린 나이지만 아들은 일찍 철이 든 것 같아요. 자기보다 힘든 사람들에게 도움이 되어 주고 엄마인 저에게 응원군이 되어 주고 자기를 키워주신 할아버지, 할머니께 고마움을 표현할 줄 알고 마음을 나눌 줄 아는 제 아들, 자랑해도 되겠죠?

저는 오늘도 누군가에게 따뜻한 진심을 나누고 상대의 삶이 행복해지길 기도합니다. 싱글맘 여러분, 힘들 때도 많다는 거 잘 알아요. 그래도 우리보다 더 힘든 사람들에게 나누면서 살아봐요.

싱글맘에게 나눔이란?
받는 사람도 즐겁고 주는 나도 즐겁고 서로에게 행복을 전해주는 일.

9. 생각보다 살만한 세상: 긍정

1단계 : 멈추기! 행동하기 전에 잠깐 모든 걸 다 멈추어요.

2단계 : 생각해 보기! 여러 가지 방법과 행동을 생각해 봅니다.

3단계 : 선택하기! 가장 긍정적인 것을 선택합니다. - 긍정의 3단계 -

- 출처: 이영숙 지음. 『성품치유』. LYS좋은나무성품학교 -

* 긍정: 어떤 생각이나 사실 따위를 그러하거나 옳다고 인정함.

'긍정'이란, 어떠한 상황에서도 가장 희망적인 생각, 말, 행동을 선택하는 마음가짐이라고 하네요. 여러분은 '긍정'이라는 단어를 들으면 어떤 생각이 드나요? 저는 지난 시간을 가만히 돌이켜 보니 최대한 긍정적으로 살기 위해 노력하는 사람이었습니다. 2남 1녀 중 둘째로 태어나 가정형편이 넉넉하지 않았지만, 부모님이 다 계셔서 감사하다는 긍정적인 마음을 가지고 있었어요. 고3 학생 시절에는 원하는 직장에 공채 시험을 봤는데 한 번에 합격하게 되어서 감사하다는 긍정적인 생각을 했답니다. 친구들이 대학을 다닐 때 저는 직장생활을 시작했고 경제적으로 여유가 있음에 감사했어요. 35살 늦은 나이에 결혼했지만, 아들이 바로 찾아와 주었어요. 열 달 내내 입덧을 하면서도 너무나 감사한 마음으로 긍정적으로 생활을 했답니다.

싱글맘이 되었을 때도 저를 응원해 주는 가족이 있어서 괜찮다는 생각을 했고, 무엇보다 제가 사랑하는 아들이 있으니 얼마나 다행인지 모른다는 생각을 했답니다.

싱글맘을 바라보는 주위 시선들은 결코 따뜻하지 않았어요. 아들에게 상처를 주는 사람들도 많았고 저 역시 상처를 받기도 했지만, 그때마다 더 긍정적인 생각을 하기 위해 노력했어요. 왜냐구요? 남들이 뭐라고 해도 제 인생이잖아요.

그리고 저는 아들에게 떳떳한 엄마였거든요. 아들을 잘 키우기 위해서 선택한 길이었으니까요. 이혼을 선택하고 아들을 데리고 오면서 저는 결심 했거든요. 지금까지 제가 살아온 것처럼 아들에게 멋진 엄마가 되고, 나 자신에게도 당당한 사람이 되자고요.

그렇게 언제나 긍정적인 생각으로 9년 차 싱글맘으로, 워킹맘으로 꿈을 위해 노력하고 현재의 삶에 충실한 사람으로 잘 살아가고 있답니다. 그래도 가끔은 아들에게 평범한 가정에서 자라도록 해 주지 못한 미안함은 감출 수가 없어요. 주위의 따가운 시선에 숨고 싶기도 하지만, 그럴 때마다 제 마음속에 긍정이라는 친구가 불쑥 올라오면서 힘든 상황들을 이겨 낼 수 있도록 도와준답니다.

아빠가 엄마 없이 딸을 키우다 보면 어렵고 힘든 일이 생기는 것처럼, 엄마가 아빠 없이 아들을 키우다 보니 가끔은 이해하기 어려운 부분도 생기고 도와주지 못하는 부분도 생기더라고요. 감사하게도 저에게는 오빠도 있고 남동생도 있어서 도움을 받고 있답니다. 그리고 주변에 친구들도 많은 도움을 주고 있으니 제가 긍정적으로 살아갈 수밖에 없지 않을까요?

제가 긍정적인 생각으로 살아가고 있으니 아들도 저를 닮아 가고 있나 봐요. 아빠가 없는 상황에서도 밝게 잘 자라주고 있답니다. 긍정의 3단계처럼 어떤 상황이 생기면 포기보다는 잠시 멈추고 생각하면서 긍정적인 선택을 한답니다.

싱글맘 여러분들은 속상한 일이 생기면 어떤 감정이 먼저 올라오는지 궁금하네요. 저는 항상 긍정적인 생각을 먼저 장착하기 위해 의도적으로 노력한답니다. 그래서 제가 이렇게 당당하게 살아갈 수 있는 것 같아요. 긍정의 버팀목이라고 말하고 싶네요.

싱글맘 여러분, 저랑 같이 긍정적인 생각을 머릿속에 장착해 보지 않으실래요?

긍정적인 생각으로 세상을 바라보며 멋진 엄마가 되어보세요.

싱글맘에게 긍정이란?

어떠한 경우에도 나를 믿고 선택하는, 내 삶의 버팀목이 되는 힘.

10. 믿으세요: 책임감

책임감의 성품을 가지면 얻게 되는 유익들이 많습니다. 책임감을 가진 사람은 큰 리더가 되며 신뢰를 얻게 됩니다. 내가 매일 하는 작은 일들은 미래에 더 큰 책임을 맡을 준비가 되는 셈입니다.

사람들은 책임감 있는 이를 신뢰하고 따릅니다.

- 출처: 이영숙 지음. 『성품치유』. LYS좋은나무성품학교 -

* 책임감: 책임을 중히 여기는 마음.

'책임감'이란, 내가 해야 할 일들이 무엇인지 알고 끝까지 맡아서 잘 수행하는 태도라고 알려주네요. 여러분은 '책임감'이라는 단어에 대해 어떤 느낌이 드나요?

저는 살면서 '책임감' 단어를 항상 마음속에 가지고 있어요. 제 삶에 대해서 스스로 책임을 져야 하는 건 너무나 당연한 거고요. 직장에서도 맡은 일에 책임감을 가지고 일을 하면서 인정받고 싶어 하는 사람입니다. 어느 누구나 책임감 있는 사람을 믿고 따른다고 책에서도 얘기하지만, 저 역시 책임감 있는 사람들이 좋습니다.

책임감은 살아가는 데 있어서 가장 기본적인 힘이 아닐까 싶어요.

내가 주인공이 되어서 세상을 살아가려면 책임감이 있어야 가능한 일이더라고요. 세상에서 하나뿐인 소중한 나의 아들을 잘 키우기 위해서도 책임감이 있어야 했어요. 다가오는 미래에 더 행복하고 멋지게 살기 위해서 어떤 시간을 보내야 하는지, 스스로 보낸 시간에 어떤 책임감을 가지고 살아야 하는지 여러분도 잘 알고 있을 거라는 생각이 들어요. 나에게 주어진 일에 최선을 다하고 그것을 소중하게 생각하면서 이루어 내는 책임감이 없다면 어떤 삶을 살고 있을까요?

험한 세상에서 아들을 지켜주어야 하는 엄마로 살아가기 위해서, 스스로를 인정하고 칭찬하면서 행복하게 살아가기 위해서 책임을 다해야 한다는 것은 어쩌면 당연한 이치인지도 모르겠네요. 물론 쉽지 않은 일들도 생기겠지요. 그래도 저와 아들의 원하는 미래를 그려보면서 포기하지 않고 책임을 다해 살아가는 저는, 스스로 생각하기에도 참 괜찮은 사람입니다.

"가정도 제대로 지켜내지 못하고 뭐가 그렇게 잘 났어?"라고 누군가는 저를 무시하겠죠. 그래도 괜찮습니다. 왜냐하면 저는 제 인생을 포기하지 않았고, 아들을 버리지 않았고, 저와 아들의 미래를 그리면서 책임감을 가지고 현재를 살고 있으니까요.

힘들다고 나만 잘 살겠다고 아이를 버리는 부모도 있고, 아이를 볼모로 삼고 살아가는 부모도 있고, 아이를 사랑과 정성으로 돌보지 않는 부모도 있습니다.

싱글맘 여러분은 어떤 엄마인가요? 저는 저 자신을, 어떤 상황에서도 아들을 사랑과 정성으로 돌봐 주는 엄마, 아들을 위해서 책임감을 가지고 인생을 살아내는 엄마라고 생각해요. 그래서 지금 제 마음 상태와 환경을 이렇게 글로 표현할 수 있는 게 아닐까요?

저도 싱글맘이라는 사실을 숨기고 살고 싶을 때도 있었어요. 지금도 모든 사람에게 솔직한 모습을 보이고 있진 않습니다. 이번에 진짜 큰 마음 먹고 글을 쓰기로 했어요. 무엇보다 아들에게 책임감 있는 엄마로 살아가고 싶은 저에게 글쓰기는 참 많은 걸 알려 주는 시간이었어요.

싱글맘 여러분, 지금까지 우리는 각자 자신의 삶에 책임감을 가지고 잘 살아오고 있잖아요. 여러분을 응원해요. 저 역시 여러분의 응원을 받으면서 저와 같은 환경에서 살아가기 힘든 분들에게 조금이라도 도움이 되고 싶어요.

싱글맘 여러분! 저도 이렇게 잘 살아가고 있잖아요. 여러분들은 저보다 훨씬 더 현명하고 지혜롭게 살아갈 수 있다는 걸 믿으세요.

싱글맘에게 책임감이란?

포기하지 않고 꾸준히 내 삶을 지켜내는 힘.

나는,

독서하는 싱글맘입니다

인쇄일 2021년 12월 13일

발행일 2021년 12월 15일

저 자 김민주

발행처 뱅크북

신고번호 제2017-000055호

주 소 서울시 금천구 가산동 시흥대로 123 다길

전 화 (02) 866-9410

팩 스 (02) 855-9411

이메일 san2315@naver.com

ISBN 979-11-90046-32-9

* 책값과 바코드는 표지 뒷면에 있습니다.